紳士の意地悪な愛情

神香うらら

幻冬舎ルチル文庫

CONTENTS ✦目次✦

✦カバーデザイン＝久保宏夏（omochi design）
✦ブックデザイン＝まるか工房

イラスト・椿森　花✦

英国紳士の意地悪な愛情

1

ロンドン南西部、高級住宅街として知られるリッチモンド。

街を囲むようにテムズ河が流れ、広大なリッチモンド公園には鹿が群れをなし、豊かな自然に恵まれた美しい街だ。

公園にほど近い閑静な場所に、この辺《あた》りでもひときわ目立つ石造りの邸宅がある。

鉄製の門扉《もんぴ》の先に見える正面玄関はウィンザー様式の特徴であるアーチが優美な弧を描き、手入れの行き届いた庭には白やピンクのオールドローズが咲き誇っている。

古風で伝統的な屋敷の裏にまわると、広々とした庭は現代的なテイストでまとめられている。一見無造作で実は計算し尽くされた配置の花壇や樹木、母屋《おもや》とは趣《おもむき》の異なるモダンな東屋……古風な屋敷と調和の取れた、実に美しい庭だ。

六月の心地よい風に乗って、庭の一角に作られたテニスコートからボールの弾む軽快な音が響いてくる。刈り込まれたイチイの木の向こう、東洋系の黒髪の少年とダークブロンドの長身の青年がテニスに興じていた。

互角の勝負に見えるが、少年のほうがやや優勢か。パワーで劣る分、うまくスピードでカバーしている。

しばし小気味のいい音を立ててラリーが続く。

少年はどうやら負けず嫌いな性格らしい。どんな角度で打ち込まれても諦《あきら》めずに食らいつき、持っている力のすべてを出し切ろうと必死だ。

それに対して青年のほうは余裕があった。勝負にはこだわらず、リラックスしてラリーを楽しんでいる様子が窺《うかが》える。

「手加減するなよ」

少年が不満そうに唇を尖《とが》らせる。

ほっそりとした輪郭に猫を思わせる大きな黒い瞳が印象的な、なかなかの美少年だ。

少年の名前は和《のどか》・ウェントワース。

身長は百七十センチを超えているが、体の線が細いせいか、まだどこかあどけない。

少しかし髪をかき上げる何げない仕草やボールを追いかけて身を翻すしなやかな動きに、少年が青年へと移り変わる時期ならではの清潔な色香も漂わせている。

「してないさ」

笑顔で答えた青年の名は、アンドリュー・ウェントワース。

こちらは大人の男の魅力を存分に備えた紳士だ。青い瞳に緩やかなウェーブのかかったダークブロンド、甘く整った顔立ち、まさに貴公子と呼ぶにふさわしい美青年である。

「嘘だ。本気出したらこんなもんじゃないだろ？」

「おいおい、年寄りをいじめないでくれよ。俺は来月三十になるんだぞ。十九歳の体力に勝てると思うか？」

「体力では負けてもテクニックは衰えてないだろ？」

言い合いながらも、ふたりの表情は楽しげだ。

アンドリューが年の離れた義弟に向ける眼差《まなざ》しは優しく、和の義兄への眼差しには憧れや尊敬がにじみ出ている。

再びふたりがゲームに熱中していると、母屋のほうからひとりの青年がゆっくりと近づいてきた。

ローレンス・ウェントワース——アンドリューの弟で、和のもうひとりの義兄だ。

灰色の鋭い双眸《そうぼう》、黒々とした豊かな髪、男っぽい端整な容貌はどこか威圧的で、アンドリューとは対照的に近寄りがたい空気をまとっている。長身のアンドリューよりも更に上背《うわぜい》があり、体つきもがっちりと逞《たくま》しい。

テニスコートのそばで立ち止まり、ローレンスは唇の端に皮肉っぽい笑みを浮かべた。

「相変わらず下手くそだな、和」

むっとして、和はローレンスを横目で睨《にら》みつけた。

「最後に俺と対戦したのはいつ？」

「さあ、いつだったかな。三ヶ月くらい前か？」

「その間に俺が上達してないとでも思ってんのかよ」

言いながら視線をアンドリューのほうへ戻し、サーブを打ち込む。

和の会心のサーブを取り損ねたアンドリューが天を仰ぎ、「今のはいいサーブだった」と素直に認めてくれた。

「アンドリュー、代わってくれ」

ローレンスがやや強引に割り込んできて、アンドリューの手からラケットを奪う。

弟のそういう態度には慣れているらしく、アンドリューは少し肩を竦《すく》めただけで黙ってローレンスに場所を譲り、審判用の椅子《いす》に座った。

「それじゃ、お手並み拝見といこうか」

ラケットを構えて不敵な笑みを浮かべるローレンスに、和も挑戦的な眼差しを向ける。

「ああ、かかってこいよ」

大きく息を吐いてから、和はサービスラインぎりぎりを狙ってサーブを打ち込んだ。

ボールに素早く反応し、ローレンスが力強く打ち返す。

（うわ……っ）

ローレンスのパワーとスピードに内心たじろぎながら、和は果敢にボールを追った。

ローレンスはアンドリューと違って手加減はしない。必死に食らいつくが、あっという間に劣勢に立たされてしまった。

「どうした、もう降参か？」

ラケットをくるくる回しながら、ローレンスが余裕の笑みを浮かべる。

「まさか。持久力は俺のほうが上だし」

「言ったな」

「ああ、言ったとも」

ローレンスを挑発するとどういうことになるのか、これまでの経験で嫌というほど思い知らされている。しかし負けず嫌いな性格ゆえ、墓穴を掘っている自覚がありつつも言い返さずにはいられなかった。

ローレンスがにやりと笑い、本気モードのサーブを打つ。

バックハンドでなんとか拾って返したが、体勢を立て直す間もなく打ち返された。

「くそ……っ」

口の中で悪態をついて、和は悔しげに唇を嚙《か》み締めた。アンドリューに聞かれたら、即座に「そういう下品な言葉を使うんじゃない」と注意されるところだ。

「バックハンドが使えるようになったじゃないか」

「ああ？　前からとっくに使えるっての」

「正確に打ち返せるようになって初めて〝使えるようになった〟って言うんだ」

「……っ」

言い返そうと口を開きかけるが、容赦ないサーブが飛んできてそれどころではなくなった。

いつもこうだ。ローレンスと打ち合うときは、無駄口を叩《たた》いている暇はない。

テニスだけでなく、ビリヤードでもポーカーでも、ローレンスは年下の和相手にも本気で挑んでくる。

（……だから面白いんだけどな）

優しく手ほどきしてもらうよりも、本気の勝負のほうが刺激的だ。

いつしか和は、夢中になってボールを追っていた。

「確かに三ヶ月前よりは上達したな」

「だろ？」

「ああ。でもまだ俺の敵じゃない」

「言ってろよ……っ！」

憎たらしいことに、ローレンスは軽口を叩きつつも息ひとつ乱していない。それにひきかえ和のほうは、ローレンスの速いボールに振りまわされて息が上がり気味だ。

思わぬ方向に飛んできたボールを拾おうと、少々無理な体勢で走る。

「う……っ」

その途端負担のかかった左足に激痛が走り、思わず呻《うめ》き声が出てしまう。

「大丈夫か!?」

真っ先に駆け寄ってきたのはアンドリューだった。

「……ちょっとひねっちゃったかも……」

苦痛に顔を歪《ゆが》めながら、和はその場にしゃがみ込んだ。ローレンスの前で弱みを見せるのは悔しいが、痛くて立っていられそうにない。

「見せてごらん」

アンドリューが心配そうな顔でひざまづき、和のテニスシューズを脱がせる。

そっと足首を摑《つか》まれて、和はどきりとした。

「い、いいって。大したことないよ」

「大したことないはずないだろう。ああ……捻挫《ねんざ》みたいだな」

アンドリューの言葉に、和はがっくりと肩を落とした。

ローレンスに上手《うま》くなったところを見せたくて、ついむきになってしまった。これではまた下手くそだとからかわれてしまう。

「歩ける？」

「うん、大丈夫」

テニスシューズを履き直し、ゆっくりと立ち上がる。まだ痛みはあるが、歩けないほどではない。

「家まで抱っこしてってやろうか」

頭上から降ってきたローレンスの声に、和はむっとして顔を上げた。案の定、面白そうににやにやしながら和を見下ろしている。

「……いい」

「遠慮しなくていいぞ」

「いいってば」

ローレンスに背を向けて、和は慎重に足を踏み出した。アンドリューが「手を貸そうか」と言ってくれたが、丁寧《ていねい》に断って母屋に向かう。

「コートの後片付けは俺がやっといてやるよ！」

「そりゃどうもご親切に！」

ローレンスの恩着せがましい言い方に皮肉で応える。

――これもいつものことだ。

ローレンスは何かと和をからかったり、意地悪を言ったりする。

(ほんっと性格悪いんだから……。アンドリューは優しいのに、同じ兄弟でこうも違うもんかね)

「おまえたち、相変わらずだな」

和に歩調を合わせながら、アンドリューがくすくすと笑う。

「そうだよ。ローレンスは俺のこと、いまだになんにもできない十歳の子供だと思ってる」

「そしてローレンスも和の前では生意気なハイティーンのまま」

「まったく、ローレンスを崇拝している連中に見せてやりたいよ。あいつの真の姿を」

「それは無理だろうね。ローレンスは外では決して紳士の仮面を外さない」

アンドリューが大袈裟《おおげさ》に肩を竦めて見せる。

「ここに座ってて。湿布《しっぷ》を探してくる」

テラスにたどり着くと、アンドリューがそう言い残して母屋へ入っていった。

「ありがと」

アンドリューの背中に声をかけ、手近なベンチに腰を下ろす。テニスシューズと靴下を脱いで挫《くじ》いた場所を確認し、和は顔をしかめた。

(前にも同じところ痛めたっけ……テニスするときはテーピングしないとだめだな)

スポーツは得意なほうだが、残念ながら和の体はローレンスやアンドリューのように頑丈な造りではない。いくらテクニックを磨いても、パワーを身につけなければローレンスに打ち勝つことは難しいだろう。

「いてっ」

何げなく手首をまわして、ぴりっと走った痛みに顔をしかめる。先ほどは夢中で気づかなかったが、手首にも負担をかけすぎてしまったようだ。

「手首も痛めたのか？」

テラスにやってきたローレンスが、和の前で立ち止まる。

ちらりと目線を上げると、ラケットを握る大きな手が目に入った。

がっちりと筋肉のついた逞しい腕、Tシャツの上からでもわかる厚い胸板や割れた腹筋……間近で男らしい体を見せつけられて、先ほどまで気持ちを奮い立たせていた対抗心が萎《しぼ》んでゆく。

「……いや、……うん、まあちょっと」

ため息をついて、和はしぶしぶと認めた。スポーツでローレンスと張り合おうとしたのが、そもそもの間違いだったのだ。

「見せてみろ」

「え……？」

ローレンスが和の隣に座り、痛めた右手首を無造作に摑んで引き寄せる。

少々乱暴なその扱いに、和は面食らって目を瞬《しばた》かせた。先ほどアンドリューに足首を摑まれたときのじんわりとしたときめきとは正反対の、いきなり心臓を摑まれたかのような強い刺激に動揺する。

優しく扱われたいわけではないので別に不快ではないが……なぜか気持ちをかき乱されて

落ち着かなかった。

「……痛いって」

ぼそっと呟《つぶや》いて、やんわりとローレンスの手をふりほどく。

「おまえ、バックハンド使うときに手首を外側にそらす癖がついてるな、こんなふうに」

ローレンスが目の前でラケットを握る仕草をして見せる。

「え……そうだった？」

同じようにバックハンドで打つときの動きを再現し、和は顔をしかめた。

「ほら、手首のスナップで打ち返そうとするから痛めるんだ。慣れるまでは手首は固定しろ。手本を見せてやる」

ローレンスが立ち上がり、手近なテーブルの上にあった雑誌を丸めてラケットに見立て、模範演技を披露する。

「ああ……なるほど」

和も立ち上がり、同じように雑誌を丸めてローレンスの手本を真似てみた。

確かに手首を固定すると痛みが軽減される。テニスは高校生のときに少し教わっただけなので、自己流の悪い癖がついていたようだ。

「おまえたち、ほんと練習熱心だな。ウィンブルドンでも目指す気か？」

湿布を手に戻ってきたアンドリューが、いささか呆《あき》れたようにふたりを見やる。

「まあね。あ、湿布ありがと」

礼を言って受け取り、和はベンチに座り直した。もたもたした手つきで貼《は》ろうとしていると、ふいに大きな手が伸びてきて湿布を奪う。

「そんないい加減な貼り方じゃだめだ。貸してみろ」

「え、ちょ、ちょっと……っ」

再び和の隣に座ったローレンスに脚を掴まれて、和は目を白黒させた。

体がベンチの上でくるりと回転し、まるで子供のようにローレンスの膝《ひざ》の上に足を載せる格好になってしまう。

「自分でできるって……っ」

「おまえに任せといたら適当に貼っちまうだろ」

「やり方教えてくれたら自分でやる……っ」

「こら、暴れるな」

「ひゃっ」

大きな手で足首をぎゅっと掴まれて、和は情けない悲鳴を上げた。湿布のひやりとした感触よりも、ローレンスの手のひらの感触に驚いてしまった。

「いやいや、麗しき兄弟愛だね。おまえたちが仲良しで、俺も安心したよ」

黙って成り行きを見守っていたアンドリューが、可笑《おか》しそうにくすくすと笑う。

「俺たちはいつだって仲良しだ」

ローレンスが真面目くさった表情を作って頷《うなず》く。

「よっく言うよ……」

唇を尖らせるが、和はまんざらでもない気分だった。

――ローレンスとは過去にぎくしゃくしていた時期がある。憎まれ口を叩きつつもこんなふうに接することができるようになったのは、家族として喜ばしいことだ。

（……口は悪いし意地悪だけど、悪い奴ではないし）

丁寧に湿布を貼るローレンスを、神妙な面持《おもも》ちで見守る。

「手を出せ。手首にも貼っといてやる」

「あ、うん……」

足を下ろしてベンチに座り直し、和は素直に右手を差し出した。

「相変わらず細い腕だな。棒きれみたいだ」

「モデル体型と言って欲しいね」

「モデルにはちょっとばかし背が足りないだろ」

「ローレンスと違って俺はまだ成長期だ」

再びやり合い始めたふたりに、アンドリューが苦笑する。

「冗談はさておき、和はテニスするときはテーピングしたほうがいいな」

「うん……そうだね」

頷きながら、和は湿布を貼ってもらった手首を見下ろした。

「今度テニスするときは前もって声をかけてくれ。テーピングのやり方を指導してやる」

素っ気《そっけ》なく言いながら、ローレンスが立ち上がる。

「あ、あの」

慌てて和はローレンスを呼び止めた。

「なんだ？」

「これ……ありがと」

足首の湿布に触れながら、ぼそりと礼を言う。

「どういたしまして」

ローレンスが、唇の端を持ち上げるようにして笑う。

皮肉めいた笑みにかちんとくるが、同時にやけに魅力的なその表情に見とれてしまい……

和はぷいとそっぽを向いた。


——和の母彰子《あきこ》とローレンス兄弟の父ヘンリーが再婚したのは十二年前。和が七歳、ローレンスが十三歳、アンドリューが十八歳のときのこと。

外交官の娘だった彰子は海外生活が長かったこともあり、夫を亡くしたあと思い切って和を連れてイギリスに渡った。フリーランスの通訳として働いているときにヘンリーと出会って恋に落ち、半年後に式を挙げた。

ヘンリーも数年前に妻を亡くし、ふたりの息子を持つシングルファーザーだった。そして母は婚約後に初めて知ったそうなのだが……ウェントワース家は爵位を持つ貴族だった。

ここは代々受け継がれてきた屋敷ではなく、陶磁器の製造販売で財をなした先々代の当主が購入したものだ。没落貴族だったウェントワース家を救ったのは、商才に恵まれたヘンリーの祖父、すなわち和やローレンスの曾祖父に当たる人物である。

いまや〝ウェントワース〟はイギリス屈指の高級陶磁器ブランドとして、世界中に広く知られている。日本でも人気があり、社長が日本人女性と再婚したというニュースは当時日本でも話題になったらしい。

「どうした和。怪我《けが》をしたのか？」

夕食の時間にダイニングルームに現れた和を見て、ヘンリーが心配そうに眉根《まゆね》を寄せた。

「ちょっとテニスで力入れすぎちゃってさ。大したことないよ」

義父を安心させるように微笑《ほほえ》み、湿布を巻いた手首を掲げて見せる。

「ほどほどにしておけよ。おまえは少々むきになりすぎるところがあるからな」

「そうね。特にスポーツに関してはほんと負けず嫌いだし」

隣で食前酒を傾けていた母も肩を竦める。

「負けず嫌いな性格は母さん譲りだと思うけどね……」

「努力家と言ってちょうだい」

「はいはい」

肩を竦めて、和は自分の席についた。

四十五歳になる母は、才色兼備を絵に描いたような女性だ。子育てが一段落したあと大学で心理学を学んでカウンセラーの資格を取り、今は児童養護施設のボランティアスタッフとして働いている。

「怪我の具合はどう？」

ダイニングに現れたアンドリューが、和の肩に軽く触れて気遣わしげに尋ねる。

「だいぶ痛みが治まったよ」

「それはよかった。さっき言い忘れたけど、当分の間テニスは禁止だ」

「わかってるよ……」

和の返事に満足げに頷いて、アンドリューは隣の椅子を引いた。

アンドリューは大学で経営学を学び、卒業後はニューヨークの大手コンサルタント会社に就職した。昨年ロンドンに戻り、今は〝ウェントワース〟本社で働いている。平日はほとんど顔を合わせることがないが、土日のどちらかは必ず家族の夕食につき合うことにしているようだ。

「おや、土曜日の夜におまえがいるなんて珍しいじゃないか」

遅れてやってきたローレンスに、ヘンリーがやや大袈裟に両手を広げて見せる。

「個展が終わって、今は暇なものでね」

言いながら、ローレンスは和の向かいの席に座った。

「新聞で読んだわ。今回の個展も大盛況だったみたいね」

「ええ。批判的な記事を書いていた評論家もいましたけど、いつか彼らは自分たちが間違っていたことを認めざるを得ないでしょう」

ローレンスの尊大な物言いに、和は俯《うつむ》いて笑いを噛み殺した。

「なんだ和、何か可笑しいか?」

目ざとく見つけたローレンスに問いかけられ、慌てて表情を引き締める。

「いや……ローレンスらしいと思ってさ」

「ああ、俺はいつでも正直だからな」

グラスを傾けて、ローレンスがにやりと笑って見せる。

〝ウェントワース〟の後継者としての道を堅実に歩むアンドリューとは対照的に、次男のローレンスは己の趣味と才能を発揮できる仕事を選んだ。

大学で美術史を学ぶ傍《かたわ》ら、無名の画家や彫刻家を発掘して美術館やギャラリーに売り込むブローカーのような仕事を始め、卒業後はロンドンの片隅に自前のギャラリーを開いた。

こと現代美術の分野においては、ローレンスは類《たぐ》い希《まれ》なる審美眼を持っている。ローレンスが発掘したアーティストのひとりは、今やニューヨークやパリの美術館で個展が開催されるほどの大物作家だ。また、長らく美術界から無視されていたポップなイラストレーションを得意とするアーティストは、ローレンスの橋渡しで老舗ブランドのスカーフのデザインを担当して大いに話題になり、世界中にファンを増やしている。

才能豊かな新人アーティストを次々世に送り出したローレンスは、美術界で一目置かれる存在となった。今ではロンドン中心部にギャラリーを構え、オーナーとして忙しい日々を送っている。

「五人とも揃《そろ》うのは久しぶりだな」

「ほんとね。ローレンスは二週間ぶりくらい？」

母の問いかけに、ローレンスは曖昧《あいまい》に笑って頷いた。

ギャラリーからそう遠いわけではないが、ローレンスは平日はほとんど家に帰らず、ギャラリーの近くに借りたアパートに寝泊まりしている。

仕事柄パーティーなどのつき合いも多く、時間が不規則で家族に迷惑をかけるから、というのが建前だが……。

（……やっぱりローレンスにとって、今もこの家は居心地が悪いのかな……）

ヘンリーと彰子が再婚したとき、ローレンスは一時期ひどく荒れていた。

七歳だった和は新しい家族ができたことが嬉《うれ》しくてたまらなかったし、大学生だったアンドリューも彰子と和を穏やかに受け入れてくれた。

しかしローレンスは十三歳、ただでさえデリケートで反抗的な年頃に親の再婚という一大事が重なり、いろいろと不満や鬱屈《うっくつ》があったのだろう。

当時のローレンスの冷たい態度を思い出すと、今も胸が痛む。

幼かった和にはローレンスの葛藤《かっとう》がわからなくて、無邪気に懐《なつ》いてずいぶんと彼を苛立《いらだ》たせてしまった。

思春期の少年にとっては親の再婚だけでも不愉快な出来事なのに、突然現れた英語もろくすっぽしゃべれない子供の相手をするのはさぞかし苦痛だったことだろう。成長するにつれて和にもローレンスの苦しみがわかるようになったが、当時はせっかくできた兄に嫌われたのだと思って悲しかった。

結局ローレンスは、自ら望んでスイスの寄宿学校に入学した。

休暇で家に帰ってくるたびに背が伸びて大人っぽくなり、それに比例するように反抗的な態度は影を潜め、卒業する頃には彰子のことを〝母さん〟と呼ぶようになった。同時に、少々ぎこちない態度ではあったが、和のことも兄弟として接してくれるようになった。

（最初の頃のことを思えば、すごい進歩だ。ちょっと意地悪だけど、俺のこと無視しないし……）


ちらりと向かいの席のローレンスを見やると、灰色の瞳と視線がぶつかってしまった。

「おまえは相変わらずデートの相手もいないのか？」

小馬鹿にしたようなローレンスの言葉に、むっとして唇を尖らせる。

「ああ、悪いかよ」

「和は理想が高いんだよな。だけど、パーティーの誘いなんかはあるんだろう？」

険悪な空気になる前に、アンドリューがやんわりととりなす。

「……まあね。だけど俺、パーティーは苦手だから」

「俺もパーティーは嫌いだ」

ローレンスの相槌《あいづち》に、和は苦笑した。

「よく言うよ。しょっちゅうあちこちのパーティーに顔出してるじゃないか」

「仕事の一環だからな。顔つなぎのために仕方なく出てるだけだ」

「そうなの？　ローレンスはパーティーが好きなのかと思ってた」

「おまえ、俺のこと何も知らないんだな。俺は一度だってパーティーが好きだなんて言ったことはないぞ」

「そりゃそうだけど……」

口ごもって、和は視線をさまよわせた。ローレンスの責めるような口調に、ここは謝ったほうがいいのか、それとも軽く流したほうがいいのか悩む。

「私はパーティーは嫌いじゃないよ。若い頃は上辺《うわべ》だけのつき合いに辟易《へきえき》したもんだが、人間観察の場だと思えばなかなか興味深いものだ」

ふたりのやりとりを見ていたヘンリーが、さりげなく助け船を出してくれた。

「いつか俺もそういう心境になれるといいんだけど」

ため息をついて、ローレンスがグラスを傾ける。

「なんだか心配になってきたわ。来週うちで開くおばあさまの誕生日パーティーには、みんな出席してくれるのよね？」

息子たちのパーティー嫌いの話題に不安になったのか、彰子が念を押すように一同を見渡す。

「もちろん。家族のパーティーは話が別だ。喜んで出席するよ」

ローレンスがにっこりと笑って手を広げる。

「俺も。おばあちゃんのパーティーは毎年楽しみにしてるし」

和も、母を安心させるように微笑んだ。

2

「では今日の講義はおしまい。ああ、それとレポートの提出を忘れないように。今週金曜日の四時が締め切りだ」

そう言い残して教授が教室を後にした途端、静まり返っていた教室にざわめきとため息が広がっていく。

「やばい、レポートのこと忘れてた……。和、一緒にやらない？」

隣に座っていた友人が振り返り、救いを求めるような目で和を見やる。

「悪いな。俺もうほとんど書き上がってるんだ」

わざと得意げな表情を作ってそう言うと、彼は大袈裟に肩を竦めた。

「まじか……焦《あせ》るなあ」

「まだ時間はあるさ。何か俺に手伝えることがあれば喜んで協力するよ」

友人の肩を軽く叩き、和はテキストやノートをバッグに入れて立ち上がった。

教室棟の外に出ると、六月の爽《さわ》やかな風が通り抜けていった。木陰では学生たちが寝そべって本を読んだりおしゃべりを楽しんだり、思い思いに過ごしている。

――和が通う大学は、自宅から車で一時間ほどのところにある。

歴史のある私立大学で、キャンパス内には古色蒼然とした荘厳な建物がいくつもあり、王室のメンバーも通っていたことで知られている。さすがにアンドリューやローレンスのようにオックスフォードというわけにはいかなかったが、この大学もなかなかの名門だ。

和の専攻は比較文化、特に東洋美術に関心を持っており、卒業論文には東洋の陶磁器が西洋美術に与えた影響について書こうと思っている。

和が陶磁器に興味を抱《いだ》くようになったのは、〝ウェントワース〟が所有する古今東西の陶磁器のコレクションがきっかけだ。先々代が収集した品はかなりの数に上り、今は本社に展示室を作って来客に公開しているが、ヘンリーはいずれ財団を起《た》ち上げて陶磁器美術館を作るつもりでいる。

帰る前に図書館に寄ろうと、和は芝生を突っ切った。すれ違った顔見知りの学生と軽く挨《あい》拶《さつ》を交わし、蔦《つた》の絡まる煉《れん》瓦《が》造りの図書館へ足を踏み入れる。

(ん? 今〝日本〟って文字が見えたような……)

エントランスホールの掲示板の前を通り過ぎた和は、立ち止まってくるりと踵《きびす》を返した。

掲示板の前に戻って見上げると、集会やボランティア募集のチラシに交じって交換留学制度のポスターが貼ってあり、その中に〝JAPAN〟の文字があった。

（へえ……日本の大学と交換留学やってるんだ）

最後に日本に行ったのはいつのことだろう。中学生のときまでは二年に一回ほど両親と日本を訪れていたが、祖父母が亡くなってからは足が遠のいてしまった。

「留学ね……」

無意識に日本語で呟く。

卒業論文の取材のために、大学在学中に一度は日本に行きたいと思っていた。来年の夏休みに二ヶ月ほど滞在するつもりでいたが、いっそのこと留学するのもいいかもしれない。

まだ募集を受け付けていることを確認して、和はポスターの前を離れた。


――翌朝七時。

いつもより早起きして階下に降りていくと、ダイニングで両親とアンドリューが朝食をとっているところだった。

「おはよう」

言いながら、自分の席につく。

「珍しいな。いつもはこの時間は起きてこないのに」

アンドリューに言われて、和は軽く肩を竦めた。

「うん、ちょっとね。ローレンスは？」

「ゆうべ帰ってこなかったから、アパートに戻ったんだろう」

「ふうん……」

そういえば今週はベルギーに行く用事があると言っていた。祖母の誕生日パーティーまで顔を合わせることはなさそうだ。

メイドが運んできてくれた紅茶を一口飲んで、和は皆の顔を見渡した。

「あのさ、ちょっと話があるんだけど」

「どうした、改まって」

オムレツを食べていた手を止めて、ヘンリーが顔を上げる。母とアンドリューもカップを置いて和のほうへ視線を向けた。

「……前にさ、大学在学中に日本に行きたいって話したでしょう。昨日知ったんだけど、うちの大学で交換留学の募集してて……留学先の提携校に日本の大学もあったんだ」

「つまり、日本の大学に留学したいってこと？」

母の問いに、和は軽く頷いた。

「俺の専攻東洋美術だし、調べてみたら、その大学に陶磁器の研究で有名な先生がいるんだ」

「留学期間は一年か？」

ヘンリーが身を乗り出して尋ねる。

「一年と半年と選べるみたい」

「いつからだ？」

「今年の九月」

「今年の？　それはずいぶんと急だな」

アンドリューが、あまり賛成できないと言いたげな口調で顔をしかめる。

「うん……俺も来年でもいいかなと思って、まだ迷ってるんだけど」

「私は今年行くべきだと思うわ。こういうのはあれこれ思い悩むより、思い立ったら即行動したほうがいいのよ。先延ばしにしてたらチャンスを失うわよ」

行動派の母が母らしい意見を述べて、隣でヘンリーも同意するように頷いた。

「だけど……和は寮生活やひとり暮らしの経験もないし、第一ひとりで外国に行ったことないだろう？」

和に関しては少々過保護なところのあるアンドリューが、心配そうに口を挟む。

「俺は大学に入学したら寮に入るつもりだったよ。アンドリューとローレンスが反対しなければね」

「通える距離なのに、わざわざ窮屈な思いをすることはないだろう」

「アンドリューだって通える距離なのにイートン校の寮に入ってたじゃない」

「寮に入るのが決まりだったからだ。いいか和、同世代の男どもの集団生活なんてろくなもんじゃない。ほんと地獄だったよ……。」和にはあんな思いをさせたくない」

寮生活のあれこれを思い出したのか、アンドリューが憂鬱《ゆううつ》そうに眉根を寄せる。

「留学先の大学では寮に入ると決まってるわけじゃないんでしょう？　これを機にひとり暮らしを経験してみるのはいいことだと思うわ」

「私も彰子に賛成だ。アンドリュー、和はもう幼い子供じゃないんだよ」

ヘンリーに諭されて、アンドリューは苦笑した。

「認めるよ。俺はときどき和が十九歳だってことを忘れてる。だけど留学の件はよく考えてから結論を出すべきだ。留学先の大学をリサーチして、本当に今そこに行く必要があるのかどうか検討したほうがいい」

慎重派のアンドリューらしい意見だ。

勢いも大事だが、アンドリューの言うことにも一理ある。

「いろいろアドバイスありがとう。とりあえず今日事務局に行って、詳《くわ》しい話を聞いてみるよ」

家族を安心させるように、和は柔らかく微笑んだ。

「ローレンス！　どうしたの？」

――その日の夕方。帰宅した和は玄関ホールでローレンスと鉢合わせし、驚いて目を見開いた。

「これを取りに戻ったんだ。いつも使ってるやつが壊れたから」

ローレンスが足元のスーツケースを顎《あご》で示す。

「ベルギーに行くんだっけ」

「そう、明日から三日間。おまえの好きな店のチョコレート買ってきてやるよ」

大きな手でくしゃっと髪を撫《な》でられて、和は少々面食らってローレンスの顔を見上げた。

「どうした、変な顔して」

「いや……」

乱された髪を直しながら俯く。アンドリューならともかく、ローレンスがこんなふうに親愛の情を示すのは珍しいことだ。

「今夜はこっちに泊まるの?」

「いや、まだ仕事が残ってるからギャラリーに戻る」

「あ、ちょっと待って」

背中を向けようとしたローレンスに、和は慌てて声をかけた。

「どうした」

「えっと……一応ローレンスにも話しておこうと思って。俺、もしかしたら九月から日本に留学するかもしれない」

言いながら肩に掛けた鞄《かばん》の中からパンフレットを取り出して、ローレンスに手渡す。

——今日事務局に行って、交換留学制度についての詳しい説明を聞いてきた。それだけでは不安だったので、去年この制度を利用して日本の大学に留学した学生を紹介してもらい、明日会って話を聞かせてもらう約束も取りつけてきた。

「もう申し込んだのか？」

パンフレットをめくりながら、ローレンスがちらりと和を見下ろす。

「ううん、まだ。父さんと母さんは賛成してくれてるけど、アンドリューはよく考えろって」

「どうせおまえをひとりで留学させるのが心配だとかなんだとか言ってるんだろ」

「当たり」

肩を竦めると、ローレンスはパンフレットを閉じて傍《そば》のキャビネットの上に置き、和のほうへ向き直った。

青みがかった灰色の瞳にじっと見つめられ、どきりとする。

ローレンスは表情豊かなほうではないので、こんなふうに無言で見つめられると何を考えているのかわからなくて少し怖い。

「おまえは来月二十歳になる。もう子供じゃないいんだ。自分の好きなようにすればいい」

「…………」

言葉だけでなくその口調からも、ローレンスが本当はどう思っているのかさっぱり伝わってこなかった。

和の意思を尊重してくれる態度はありがたいが、突き放されたような気分になって、胸がちくりと痛む。

（……いや、ローレンスの言うとおり俺はもう大人なんだから、誰かに背中を押して欲しいとかそういう甘ったれた考え方はよくないな）

自分の中にある子供っぽい部分に気づいて苦笑し、顔を上げる。

「ありがと。ローレンスはそう言うと思ってた」

「じゃあな。決まったら知らせてくれ」

「うん……あ、旅行、気をつけて」

ローレンスを見送って、和はふうっとため息をついた。肘《ひじ》掛け椅子に腰を下ろし、頬杖《ほおづえ》をつく。

——十六歳の誕生日に、車の免許を取りたいと言ったときのことがよみがえる。

あのときもアンドリューは「車の運転なんてまだ早い」と猛反対した。今と違って両親も難色を示したが、ローンレスだけが「俺たちだって十六のときに免許取ったじゃないか。和は見た目は子供だけど、中身まで子供ってわけじゃない」と肩を持ってくれた。

イギリスでは教習所に通うよりも免許保持者に指導を受けて試験を受けることが多い。「免許を取るなら俺が協力してやる」と言って、ローレンスは和を徹底的にしごいた。

（あのときのローレンスはほんっと鬼教官だったな）

当時は手厳しい指導にローレンスを恨むこともあった。こんなに厳しいのはローレンスが自分のことを嫌っているせいだと思って落ち込んだりもした。

けれど、そうではなかったことが今はよくわかる。おかげで一発で合格できたし、その後も無事故無違反で過ごすことができているのは、あの指導のおかげだ。

「……よし、決めた」

独りごちて立ち上がり、キャビネットの上のパンフレットを手に取る。

弾むような足取りで、和は階段を駆け上った。

3

「おばあさま、お誕生日おめでとう」

「ありがとう和。まあ、今日は一段と男前ね。いつもそういう格好をすればいいのに」

ハグを交わしてプレゼントの包みを受け取りながら、祖母は和の全身を眺めて目を細めた。

「いつもスーツってわけにはいかないよ」

「私と会うときはスーツにしてちょうだい。ほんと、とってもいいわ。ちゃんと十九歳に見えるし」

祖母の言葉に、和は苦笑した。

祖母――マーガレット・ウェントワースの言うとおり、明るいグレーのスーツは和によく似合っている。すらりとした細身の体を引き立てるだけでなく、清楚な顔立ちを凛々《りり》しく見せる効果もあり、和の魅力を最大限に引き出していた。

「おばあさまもすごく綺麗だよ。ゲインズボロの絵の中の貴婦人みたいだ」

「まあ、ありがとう」

和の言葉はお世辞ではない。真っ白な髪をアップにし、青い瞳によく似合う上品なブルーのドレスを身にまとった祖母は、七十歳ならではの美しさと貫禄を備えている。

「彰子から聞いたわ。まだ選考結果は出てないけどね。日本の大学に留学することにしたんですってね」

「あなたなら大丈夫よ」

「だといいけど」

祖母と互いの近況について語り合っていると、広間の入口に長身の男が現れたのが見えた。

「ローレンスだ」

ベルギーに出張中だったローレンスは当初の予定よりも帰国が遅れ、今夜のパーティーには出席できないかもしれないと連絡があったが、どうやら無事間に合ったようだ。

「お誕生日おめでとうございます」

ローレンスが祖母に、見事な薔薇《ばら》の花束を差し出す。暖かみのあるクリームイエローは、祖母がいちばん好きな色だ。

「まあ、素敵。どうもありがとう」

祖母が微笑んで、ローレンスを抱き寄せる。しかしその微笑みも、ハグを交わしたあとしかめ面《つら》に変わった。

「お花は素敵だけど、あなたもう少しどうにかならないの？　その格好、質の悪い遊び人みたいだわ」

確かに今夜のローレンスは、少々危険な香りを漂わせている。

黒いスーツに、黒に近いダークグレーのシャツ。ネクタイは光沢のあるシルバーで、髪をかっちりと撫でつけているせいか、男っぽい顔立ちがいつもにも増して迫力があった。

「うん……街で会ったら間違いなく目をそらすね」

ローレンスを見上げ、和は笑いを堪《こら》えながら祖母に同意した。

「プレイボーイというよりマフィアっぽくて、ちょっと怖いわ」

ふたりに好き勝手言われて、ローレンスは肩を竦めた。

「正統派紳士役はアンドリューに任せますよ。和も今夜は一丁前に小さな王子さまみたいじゃないか」

大きな手が伸びてきて、和の髪をくしゃっとかきまわす。

「〝小さな〟は余計だよ」

むっとして唇を尖らせ、和はローレンスの手を払いのけた。

「それはそうとローレンス、あの噂《うわさ》は本当なの？　ミュラー子爵のご令嬢と……」

祖母が声を潜め、意味ありげな目つきでローレンスを見上げる。

「まさか。根も葉もない噂ですよ。パーティーで何度か顔を合わせただけです」

目をぱちくりさせて、和はローレンスの横顔を見上げた。

ミュラー子爵の令嬢パトリシアは有名なソーシャライトだ。モデル顔負けの華やかな美人で、毎週のようにあちこちのパーティーに顔を出すセレブリティとして知られている。

「まじで？　あのパトリシアとつき合ってるの？　すごいなあ」

義兄と有名人の交際話に、思わず和は好奇心を丸出しにしてしまった。

考えてみれば、ローレンスもれっきとしたセレブだ。パトリシアのようにテレビに出演したりタブロイド紙のゴシップ欄を賑《にぎ》わせたりはしていないが、伯爵家出身で〝ウェントワース〟の御曹司、しかも一流ギャラリーのオーナーとあって、イギリスでは知られた存在である。

「おまえ俺の話聞いてなかったのか？　俺は根も葉もない噂だって言ったんだぞ」

ローレンスが苦々しげな表情で和を見下ろす。

「でもさ、こないだまでつき合ってたバツイチの女優よりは断然いいよ」

「あの女優とも、つき合ってたわけじゃない」

「デートしたんだろ？　そういうの世間じゃつき合ってるって言うんだよ」

「お子さまにはわからないだろうが、大人の世界にはいろいろあるんだ」

強い口調で遮られ、和はたじろいだ。

ローレンスはこの手の話題に関してはいつも軽く受け流すのに、今日はやけに刺々《とげとげ》しい。

（調子に乗って言い過ぎちゃったかな……）

謝ろうかどうしようか考えていると、ふたりの間の険悪な空気を察した祖母がやんわりと割って入ってくれた。

「まああなたもそろそろ身を固めてもいい年頃だし、別に彼女じゃだめだって言ってるわけじゃないのよ」

「わかってます。今のところ誰とも結婚する気はありません。仕事が忙しいですから」

祖母を安心させるように、ローレンスがぎこちない笑みを浮かべる。

「そう……それじゃあやっぱりアンドリューが先かしらねえ」

祖母の視線の先、アンドリューが連れの女性と親しげに話している。

ちらりとそちらを見やった和は、黙って視線を足元に向けた。

「マーガレット、お久しぶり。お誕生日おめでとう」

「まあ、お元気だった？」

祖母の友人が声をかけてきたのを機に、和はそっとその場を離れた。


「やあ和、久しぶり」

「ハワード！　こっちに戻ってたんだ！」

ドリンクコーナーにレモネードのお代わりをもらいにいった和は、従兄《いとこ》のハワード・ウェントワースに声をかけられて顔をほころばせた。

「ちょうどグラスゴーで学会があって、こっちに来てたんだ。明日にはアメリカに戻らなきゃいけないから、あんまりゆっくりできないけど」

「学会？　ハワードも発表したの？」

「いいや、今回は教授のアシスタントだよ」

眼鏡を押し上げながら、ハワードがにっこりと笑う。

ハワードはオックスフォードを卒業後、現在はアメリカの大学院に留学して情報工学を学んでいる。年齢はローレンスと同じ二十五歳、初対面のときから和に優しくしてくれた、穏やかな性格のインテリ青年だ。

「しばらく見ない間にずいぶんと大人っぽくなったね」

眼鏡の奥の目を瞬かせ、ハワードが眩《まぶ》しげに和を見下ろす。

「そう？　ローレンスには相変わらず子供扱いされてるけど」

「ローレンスは十代の頃から大人びてたからね。そうそう、彼、かの有名なパトリシア嬢と婚約秒読みって本当？」

「それ、ローレンスの前で言わないでよ。さっきその話したら、なんかすごく機嫌悪くなっちゃってさ……」

グラスを持って壁際に移動しながら、声を潜める。ちらりとローレンスのいるほうを見やると、こちらを見ていたローレンスと視線がぶつかりそうになって、慌てて和は俯いた。

「わかった、その話はやめておくよ。彼を怒らせると怖いから」

ハワードが大袈裟に震えて見せ、和はその仕草にくすくすと笑った。

「あのさ、俺ももしかしたら九月から日本に留学するかもしれないんだ」

「本当？　僕も来年学会で東京に行く予定だよ。予定が合えば、ぜひ案内して欲しいな」

「任せといて」

ハワードと談笑しつつ、視界の端にローレンスが大股で近づいてくるのが見えて、和は体を硬くした。

「ええと……ちょっと失礼」

気づかないふりをしてその場を離れようとしたが、それよりも前にローレンスが和とハワードの前に立ち塞《ふさ》がる。

「よう、ハワード。久しぶりだな」

「ああ、久しぶり。ニューヨークにもきみのギャラリーの評判は届いてるよ」

ローレンスが右手を差し出し、従兄弟《いとこ》同士でがっちりと握手を交わす。

「このパーティーのためにわざわざ帰国したのか？」

「いや、今も和に話してたんだけど、グラスゴーで学会があってね」

「ああ、いたのか和。気づかなかったよ」

ローレンスが和をじろりと見下ろし、わざとらしく語尾を伸ばす。

ふたりの間の微妙な空気に、ハワードが肩を竦めた。

「兄弟喧嘩はほどほどにね。僕は失礼して、叔母さまに挨拶してくるよ」

「あ、ハワード、待って……っ」

「おまえは行かなくていい」

ローレンスに肩を摑まれ、和はしぶしぶ向き直った。

「……さっきのこと怒ってるんだったら謝るよ」

「何が？」

「パトリシアのこと。余計なこと言ってごめん」

「別に怒ってない」

即座に言い返されて、和は困って視線を泳がせた。

怒っていないなんて嘘だ。どういうわけか、今夜のローレンスはやけに機嫌が悪い。

（こういうときはそっとしておくのがいちばんだな。下手に言い返したらまた絡まれるし）

グラスを持って、和は所在なげに辺りを見まわした。

視線は自然と、救いを求めるようにアンドリューのほうへと向かう。しかしアンドリューは傍らの栗色の髪の美女とのおしゃべりに夢中で、和の視線には気づいてくれそうになかった。

「で、おまえはどうなんだ」

「どうって……何が？」

「ハワードはおまえの好みのタイプだよな」

ローレンスの言葉に、和はぎくりとした。

ローレンスがどういうつもりで言っているのかわからなくて、ちらりと表情を窺う。

「好みのタイプって……それどういう意味？」

できるだけさりげなく言ったつもりだが、声が少し震えてしまった。

「別に。言葉通りの意味だ。おまえは昔からハワードに懐いてた」

「……子供が優しくしてくれる人に懐くのは当然だろ」

「それに、ハワードはアンドリューに似てる」

話があまり触れられたくない方向に進んでいるのを感じて、和は黙り込んだ。

心臓がやかましいほど鳴り響き、ローレンスに聞こえているのではないかと心配になる。

「青い目、ブロンド、穏やかで優しい紳士。おまえ昔からそういうタイプに弱いよな」

「……っ」

かっと頬が熱くなるのがわかった。

——ローレンスに気づかれている。

後ずさって壁にもたれ、和はこの場をどうやり過ごそうか必死で考えを巡らせた。

和の秘密――それは恋愛対象が同性であることだ。

思えば子供の頃からその兆候はあった。はっきりと自覚したのは、初めての夢精を経験した中学生のときのことだ。アンドリューを慕う気持ちが、単なる義兄への愛情だけではないと知ってひどく動揺した。

以来、誰にも打ち明けることなく胸に秘めてきた。決して気づかれないように、特にアンドリューにだけは気づかれまいと、用心深く隠してきた。

なのに、よりによってローレンスに気づかれるなんて……。

すっと息を吐いて、和は背筋を伸ばした。

勇気を振り絞り、ローレンスを睨みつける。

「……何が言いたいんだよ?」

灰色の瞳を眇め、ローレンスは肉感的な唇を意地悪そうに歪めた。

「おまえ、アンドリューのことが好きなんだろう」

「……な、何言って……」

「アンドリューと結婚したいって言ってたじゃないか」

「あれは、子供の頃のことで……っ」

「今もそうだ。違うか?」

容赦なく追い詰められて、和は顔を真っ赤にして俯いた。

早く否定しなければ。黙っていたら、肯定と取られてしまう。

「……違う！」

ようやくその一言を絞り出す。

けれど、まるで子供が駄々をこねているような口調になってしまった。

これではまるで説得力がない――。

「……っ」

これ以上ローレンスの追及をかわす自信がなくて、和はくるりと背を向けて人混《ひとご》みを掻《か》きわけ、玄関ホールの階段を駆け上がった。


「くそ……っ、ローレンスなんか嫌いだ……っ」

寝室のドアを閉めて鍵をかけ、和はベッドに倒れ込んだ。

秘めた想いをデリカシーのない言葉で暴いた義兄に、怒りがふつふつと湧いてくる。

（いちばん腹が立つのは、長年隠し通してきたこの想いをローレンスなんかに気づかれてしまった間抜けな俺だ……！）

拳《こぶし》で枕を殴《なぐ》り、声にならない声を上げる。しばらくそうやって枕に当たり散らしたあと、和はあっとため息をついて仰向《あおむ》けに寝転がった。

目を閉じて、気持ちを落ち着かせようと呼吸を整える。

――初めてアンドリューとローレンス兄弟に会った日のことが、まるで昨日のことのように鮮やかによみがえる。

当時アンドリューは十八歳。既に大人で、兄というよりも学校の先生のような印象を持ったことを覚えている。

本当は、初めて出会った頃に和が惹《ひ》かれたのはローレンスのほうだった。

歳《とし》が近かったせいもあるだろうが、十三歳にして既に男の色気を漂わせていたローレンスは、幼い和に強烈なインパクトを与えた。

伸び盛りのしなやかで強靭《きょうじん》な肢体、ミステリアスな灰色の瞳、大人の声を持つ思春期の少年はまるで野性の獣のように不機嫌で獰猛《どうもう》で、怖いのに目が離せなくて……。

何度冷たくあしらわれても、ローレンスに憧れる気持ちは抑えられなかった。

――誰にも言えない、淡い初恋。

しかし幼い心はローレンスの意地悪な言動に傷つき、そのたびに庇《かば》ってくれた優しいアンドリューへと傾いていった。

今思えば、笑ってしまうほど単純な恋だ。

けれど当時の和にはふたりの義兄が世界の中心で、同世代の他の子供たちは目に入らなかった。それくらい、ふたりには魅力があった。

（……それは今も変わらないな）

苦笑し、天井を見上げる。

あれは両親が再婚して一年ほど経《た》った頃のこと。

スイスの寄宿学校から帰省していたローレンスと、些細《ささい》なことで喧嘩してしまった。

『ローレンスなんか大嫌い！』

『ああ、そうかよ。おまえはアンドリューのことが大好きだもんな』

『そうだよ！　僕、大きくなったらアンドリューと結婚するんだから……！』

思い出すだけで冷や汗が出る。

子供の戯《ざ》れ事など、ローレンスは覚えていないと思っていた。過去に戻ることができるなら真っ先に取り消したい発言だ。

和とてもう子供ではない。アンドリューとどうこうなりたいなどと、本気で思っているわけではない。

「……ローレンスの馬鹿。こっそり片想いするくらい別にいいじゃん……」

ぼそっと呟いて寝返りを打ち、和は瞼《まぶた》を閉じた。


――窓の外から聞こえてきた物音で、和ははっと目を覚ました。

（いけない……ついうたた寝しちゃった）

腕時計を見ると、十時をまわっている。そろそろパーティーがお開きになり、客が帰る頃だ。

起き上がってスーツの上着を脱ぎ、背中にできた大きな皺《しわ》に顔をしかめる。

この格好で客の前に出るわけにはいかない。ネクタイをほどき、ワイシャツを脱いで上半身裸になり、急いでバスルームで顔を洗って髪を梳《と》かす。

新しいワイシャツに着替えて適当な上着を羽織り、和は廊下に出て階段の上から階下の様子を窺った。

「今夜はどうもありがとう。またぜひうちにもいらして」

玄関ホールでは、祖母と母が親戚の夫婦を見送っているところだった。ゆっくりと階段を下りていくと、振り返った母と目が合う。

「あら和、どこにいたの？　ハワードがあなたのこと探してたわよ」

「ほんとに？　まだいる？」

「さっき帰ったわ。あとでメールするって言ってた」

「そう……サンキュ」

言いながら、キッチンに向かう。

通りすがりに客間を覗《のぞ》いてみると、誰もいなかった。多分さっき祖母と母が見送っていたのが最後の客だったのだろう。

「もうお開き？」

メイドとケータリングスタッフが後片付けをしているキッチンに入り、冷蔵庫を開けながら問いかける。

「ええ、皆さんお帰りになりました」

長年ウェントワース家のメイド長をしているホリーが、にこやかな笑顔で答える。

「そう……ああ、今夜はすごく素敵なパーティーだったよ、ありがとう」

ホリーにねぎらいの言葉をかけ、和はスパークリングウォーターのボトルを手にキッチンを出た。

客間からテラスに出て、ベンチに座って冷えた水を飲む。

少しだけたしなんだシャンパンの酔いが今頃まわってきたらしい。焦点の合わない目で、和は月明かりに照らされた庭をぼんやりと眺めた。

夜風に乗って、ほのかに薔薇の香りが漂ってくる。その香りに誘われるように、ベンチにボトルを置いて立ち上がる。

庭師によって丁寧に手入れされた庭は、昼間とは違った様相を見せていた。酔い醒《ざ》ましに、月明かりの庭を散策するのも悪くない。

芝生の中の小径《こみち》をぶらぶらと歩きながら、和は今夜のパーティーについて思いを巡らせた。

（楽しい夜になると思っていたのに、ローレンスのせいで最悪）

視線は自然と俯きがちになり、どんよりと気分が沈む。

しかし落ち込んでばかりもいられない。アンドリューへの片想いがばれた件について、早急に今後の対策を考えなくてはならない。

（……まだ認めたわけじゃない。しらを切り通せばいいんだ）

ローレンスは単に和をからかっただけかもしれない。パーティーの席の冗談として軽く受け流せばよかったのだと後悔する。

心配なのは、この件がアンドリューの耳に入ってしまうことだ。

（いや……いくらローレンスが意地悪でも、アンドリューに告げ口するような真似はしないよな。兄弟の間で妙な空気になったりしたら、ローレンスにとっても気分のいいものじゃないだろうし）

しかしローレンスは何を考えているのかわからないところがある。先手を打って、口止めをしておいたほうがいいだろうか……。

ローズマリーの低木のそばで立ち止まり、和は生い茂った葉を手のひらで撫でた。

立ち上る芳香を胸一杯に吸い込む。ハーブに詳しい祖母によると、ローズマリーには脳を活性化させる効果があるらしい。もやもやした頭をすっきりさせれば、何かいい案が浮かぶかもしれない。

「……っ」

ふいに東屋のほうから誰かがひそひそ話す声が聞こえてきて、和はびくりと体を竦ませた。

まだ客が残っていたようだ。そばの木陰に身を潜め、そっと東屋を窺い見る。

月明かりに照らされた東屋には、ふたりの人物のシルエットが浮かび上がっていた。

アンドリューとその恋人だ。

ふたりは身を寄せ合い、小声で何やら囁《ささや》き合っていた。幸せそうな笑い声が聞こえてきた途端、心臓がぎゅっと縮こまるような感覚が押し寄せる。

――レベッカ・シンクレア。栗色の髪に茶色い瞳の、聡明で美しい女性。アンドリューと同じ二十九歳で、ロンドンの名門オーケストラに在籍するビオラ奏者だ。

ふたりは一年前に共通の友人の結婚式で出会い、ほどなく交際を始めた。

そして多分、来年あたりには結婚する。

アンドリューにはこれまでにも何人もつき合っていた相手がいたし、そのうち三人は家に連れてきて家族にも紹介してくれた。

けれど、レベッカは今までの相手とは違う。

もちろんアンドリューはそんなことは口にしないが、レベッカが特別な存在だということは見ていればわかる――。

ふたりの唇が情熱的に重なるのを見て、慌てて和は目をそらした。

一刻も早くこの場所から立ち去るべきだ。恋人同士の甘い時間を邪魔するような野暮な真似はしたくないし、それに、覗き見していたなどとは絶対に思われたくない。

母屋に戻ろうと、くるりと踵を返す。

数歩歩いたところで小径の向こうから長身の男が歩いてくるのが見えて、和はぎくりとして立ち止まった。

「こんなところで何をしているんだ」

ローレンスが怪訝《けげん》そうに眉根を寄せる。

パーティーでの不愉快なやり取りを思い出して、和も同じように眉根を寄せた。

「…………ちょっと散歩」

素っ気なく言ってローレンスの脇をすり抜けようとするが、大きな手に腕を摑まれてしまう。

「ちょ……っ、放せよ……っ」

アンドリューたちに聞こえないように、声を抑えながら腕を振る。

「ははあ……なるほど。ラブシーンを覗き見してたのか」

ローレンスが意地の悪い笑みを浮かべ、東屋と和を交互に見やる。

「違う！　そうならないように、退散するところだったんじゃないか！」

真っ赤になって、和は小声で言い返した。

和の剣幕に驚いたのか、ローレンスが一瞬真顔になる。その隙《すき》にローレンスの手を振り払って、和は大股で母屋に向かって歩き始めた。

「おい、待てよ」

ローレンスが追いかけてきたので、テニスコートのほうへ進路を変える。

このまま母屋に戻って、明るい場所でローレンスに顔を見られたくない。今自分に必要なのは、ひとりで頭を冷やす時間だ。

テニスコートまでたどり着いて、和ははあっと大きく息を吐いた。

「……いつまでつけてくる気？」

ローレンスに背を向けたまま、尖った声で尋ねる。

「人聞きが悪いな。弟の心配をしてやってるんじゃないか」

「……それはどうも。だけどもう子供じゃないし、ひとりで大丈夫だから」

振り向かずにコートを横切ろうとすると、再びローレンスに腕を摑まれた。

「待てよ。からかって悪かった」

「…………」

今度は先ほどのような乱暴な摑み方ではなかった。

それに、ローレンスが謝るのはとても珍しいことで……どう反応していいかわからなくて、その場に固まってしまう。

「ちょっとここに座れ」

コートのそばのベンチに座るよう促され、一瞬迷ったが素直に従うことにした。

いつも意地悪で威圧的なローレンスが、そうではない面を見せている貴重な機会だ。見逃すのは少々惜しい。

「もしかしておまえ、兄貴の彼女のことが嫌いなのか？」

ローレンスの的外れな指摘に、和は苦笑した。

「別に彼女のことが嫌いなわけじゃないよ」

答えながら、テニスコートの闇に視線をさまよわせる。

――ローレンスの指摘は、あながち間違いではないかもしれない。自分の中にレベッカへの嫉妬心《しっとしん》があることは確かで、初めて会ったときから無意識に彼女の粗探しをしていたような気もする。

けれどそれを認めるのは恥ずかしくて、和はわざと軽い口調で付け加えた。

「俺、彼女のこと嫌ってるように見えてた？　だとしたら名前のせいかな。レベッカって名前には、ちょっと嫌な思い出があるから」

「どんな？」

「……昔、レベッカって名前の女の子に散々いじめられた」

嘘ではない。イギリスに来て間もない頃だったので英語で言い返すこともできず、しょっちゅう泣かされていた。

「おまえが小学生のとき隣に住んでた赤毛の子か？」

こくりと頷くと、ローレンスが声を立てて笑う。

「わかってないな。あれはおまえのことが好きだから、ちょっかい出してたんじゃないか」

「……まさか」

眉間《みけん》に皺を寄せて否定すると、ローレンスが真顔になった。

「おまえ、本当に気づいてなかったのか？」

「だって……ほんとにいっつも意地悪されたんだよ。髪の毛引っ張られたり、お気に入りのおもちゃを隠されたり」

「おまえの関心を引きたかったんだよ」

「そういうふうには見えなかったけど」

「彼女が引っ越しの日にわんわん泣いてたの、覚えてないのか？」

「…………」

無言で視線をさまよわせると、ローレンスが大袈裟にため息をついた。

「まったく、彼女に同情するよ。こんな鈍い男に惚《ほ》れちまうなんて」

「ちょっと待った。万が一そうだったとしても、あれじゃわかりにくすぎるよ」

鈍いと言われてむっとし、和は反論した。しかし改めて思い返してみると、ローレンスの言うことが正しいような気もしてくる。

「…………好きな子をいじめるのって、男子特有の行動パターンかと思ってた」

「おまえは男だけど、そういう嗜好は持ち合わせてないだろ」

「そうだね。男だから、女だからっていう決めつけはよくない」

降参するように両手を軽く掲げて見せる。

ちょうど雲間から月が現れて、夜のテニスコートを皓々《こうこう》と照らし出した。ベンチの背にもたれ、昼間とはまったく違う光景を眺める。

そうしているうちにローレンスに対する怒りや苛立ちが治まっていることに気づいて、和はそっとローレンスの横顔を盗み見た。

(どうかこのままローレンスがアンドリューの件を蒸し返しませんように……というか、とっとと忘れてくれますように)

心の中でそう祈った途端、ローレンスが口を開いた。

「アンドリューは多分レベッカと結婚する」

さっそく蒸し返されて、和は唇を尖らせた。

「…………わかってるよ」

なるべく感情的にならないように、抑えた声音で答える。

けれどそんな努力も、ローレンスが発した無神経な言葉によって打ち砕かれてしまった。

「失恋決定だな」

瞬時に顔が赤くなり、体温が急上昇する。反射的に立ち上がり、和は上擦《うわず》った声で反論した。

「だからそれは誤解だって……っ」

「ごまかすな」

「ローレンスって、そうやって人を追い詰めるのが好きだよね。白黒つけなきゃ気が済まない？　だったらもういっぺん言ってやるよ。それは誤解だ」

早口でまくし立てながら、灰色の目を睨みつける。

ローレンスの表情は読めなかった。いつものような皮肉めいた薄笑いを浮かべるでもなく、かといって悪びれる様子もなく、ただガラスのような瞳で和をじっと見つめている。

やがてローレンスがゆっくりと立ち上がり……正面に立って和を見下ろした。

「俺にわからないとでも思ってるのか？」

「……っ」

ローレンスが淡々と言い放った言葉は、和にとどめを刺した。

――もうごまかせない。

ローレンスに知られてしまった。この先自分はどんな顔をしてふたりの義兄と接したらいいのだろう……。

「泣くな」

ローレンスにそう言われて、初めて和は自分が涙を零《こぼ》していたことに気づいた。

慌てて顔を背け、目元を拭《ぬぐ》う。

「……泣きたくもなるよ！　俺が必死で隠してきたことを暴いて楽しい？　言っておくけど、俺は一生言うつもりなんてなかった。そんなこと言ったってどうにもならないし、家族に気まずい思いもさせたくない。俺がアンドリューの結婚を邪魔するとでも思った？」

感情が高ぶって、言葉が止まらなくなる。

自分でもびっくりするくらい度を失っていた。さすがのローレンスも和の剣幕に面食らったらしく、口を挟まずにただ立ち尽くしている。

「……う……っ」

言葉を詰まらせて、和はしゃくり上げた。

——ついにアンドリューへの想いを認めてしまった。もう取り返しがつかない。

ローレンスはこのことをどう思っているのだろう。義弟が自分の兄に恋をしていると知って、不快な思いをしているのだろうか。

「……泣くな」

もう一度ローレンスが言って、泣きじゃくる和に歩み寄る。

大きな手に肩を抱き寄せられ……その手の温かさに、自分はまだ突き放されてはいないのだと感じて嗚咽《おえつ》が漏れる。

「まあおまえにもいつか恋人ができるさ」

ローレンスがいつもの調子に戻って軽く言う。

「……だといいけど」

ローレンスの態度が変わらないことにほっとして、和はほんの少し落ち着きを取り戻した。

「それに、兄ももうひとりいる」

「アンドリューとは正反対の、意地悪な兄がね」

ローレンスの胸にもたれながら、和は苦笑した。

「慰めてやってるのにその言い草はなんだ」

「ほんとのことだろ」

軽く言い返したあと、ちょっと言い過ぎただろうかと後悔する。ローレンスなりに慰めようとしてくれているのに、可愛げのない態度だ。

すぐに言い返してくるかと思ったが、返事がなかった。その代わりに軽く肩に置かれていた手に力がこもり、やや乱暴に抱き寄せられる。

「……ローレンス？」

なめらかな頬が厚い胸板にぶつかり、戸惑って身じろぎする。慰めようという気持ちはありがたいが、兄弟の抱擁にしては少々密着しすぎているような気がして落ち着かない。

「あの……そろそろ家に戻ろう。母さんたちが心配してるかも」

言いながら、ローレンスの胸を軽く押す。

それで今夜の派手な兄弟喧嘩はひとまず終了するはずだった——。

「っ⁉」

突然大きな手に顎を摑まれ、上向かされる。

いったい自分の身に何が起こったのか、和はしばらく理解できなかった。

何か熱いもので、唇を塞がれている。

口の中に舌をねじ込まれそうになり、ようやくそれがキスだと気づく。

「んうう……っ！」

歯を食いしばり、舌の侵入を阻止する。

抗議の声を上げようとするが、口を塞がれているので言葉にならない。おまけに顎だけでなくもう片方の手で体も拘束されており、身動きができなかった。

（なんなんだこれ……っ！　いったいどういうつもりで……っ）

兄弟間のスキンシップというにはあまりにも官能的すぎる行為だ。

ローレンスがいったん唇を離し、角度を変えて再びむしゃぶりついてくる。

隙をつかれて舌の侵入を許してしまい、初めての感触に驚いて目を見開く。

（うわ……っ）

ローレンスの熱い舌が、口腔内をまさぐっている。

キス初心者には刺激の強すぎる行為で……こんな状況だというのに体の芯に火がつくのを感じ、焦って和は身をよじった。

まずい。このままでは取り返しのつかないことになってしまう。

そうなる前に、一刻も早くこの不可解な行為から逃れなくては。

「……やめろ……っ」

渾身の力を振り絞り、和はローレンスの体を押しやった。

唇が離れ、初めてのキスが唐突に終わる。

「何すんだよ……っ！」

手の甲で唇を擦《こす》りながら、ローレンスを睨みつける。

いつもは感情を露《あら》わにすることのない灰色の瞳が、昏《くら》い光を帯びて和の目を見つめていた。

「……っ」

急にローレンスが見知らぬ他人のように思えてきて、ぞくりと背中が震える。

いったい何を考えているのだろう。昔からローレンスはわかりにくい男だったが、何を思って突然こんなことをしたのかさっぱりわからない。

「……慰めてやったんじゃないか」

ローレンスの瞳からふっと力が抜け、唇にいつもの皮肉めいた笑みが浮かぶ。

「信じられない！　これのどこが慰めだよ⁉」

上擦った声で叫びながら、和はくるりと踵を返した。

情けないことに、脚が細かく震えて言うことを聞かなかった。

けれど早くローレンスの視線から逃れたくて、一目散に母屋へと走った。

「……っ」

寝室に駆け込んだ和は、急いでドアを閉めて鍵をかけた。

そのままドアにもたれてずるずるとしゃがみ込み、自分の体をかき抱くように丸くなる。

――心臓が、狂ったように早鐘を打っていた。全身から汗が噴き出して、着替えたばかりのワイシャツをじっとりと湿らせている。

「……なんだよ、ローレンスの馬鹿……っ」

くり返し悪態をつきながら、自分の膝に顔をうずめる。

唇にはキスの生々しい感触が残っていた。いや、唇だけではない。口の中の柔らかな粘膜が、じんじんと痺《しび》れるように疼《うず》いている。

（うわあああっ！）

ローレンスとキスしてしまったことを今更ながら意識して、顔から火が出そうになる。

――キスをしたのは初めてではない。

唇を軽く合わせるだけのキスなら、中学生のときに同級生に不意打ちを食らわされたことがある。今思えば彼は自分に気があったのだろうが、当時はなぜそんなことをされたのかわからなくてただ不愉快なだけだった。

今回も、ただ不愉快なだけならよかった。

（なんでこんな反応してるんだよ……っ）

下半身に、不埒《ふらち》な熱がわだかまっている。

和の意思とは関係なく、若い体は官能的な体験に高揚していた。

……これは男の生理現象だ。相手がローレンスであろうと誰であろうと、あんなキスをされたら反応してしまうのは仕方がない。

（鎮まれ……鎮まれ……！）

深呼吸をくり返し、自分の体に言い聞かせる。

けれど、もう後戻りできないところまで高ぶっていることを認めざるを得ない……。

「……っ！」

立ち上がろうと身じろぎした和は、ぎくりとして体を強《こわ》ばらせた。

勃起したペニスの先端から、先走りがじわりと漏れたような気がする。

このままでは下着を汚してしまう。いったんローレンスのことは忘れて、すみやかに処理しなくてはならない。

おずおずと脚を開いてベルトを外し、そっとファスナーを下ろす。水色のボクサーブリーフが露わになり、つんと持ち上がった部分に染みができているのを見て和は頬を赤らめた。

ふいに口腔内の粘膜に残っていたキスの感触がよみがえり、背筋がびくっと震える。

「あ……っ」

布地の上からペニスに触れた途端、思わず声が漏れてしまった。

まずい。こんなところで自慰に耽《ふけ》ったりしたら、廊下に声が聞こえてしまう。

慌てて口を噤《つぐ》んで立ち上がり、よろめきながら寝室の奥にあるバスルームへと急ぐ。

バスルームのドアを閉めて、和は大きく深呼吸をした。

「ローレンスの馬鹿……！」

つい先ほどローレンスのことは考えないようにしようと決めたばかりなのに、無意識に悪態が飛び出してしまう。

「意地悪で無神経で偉そうで、おまけに弟にこんなことする変態野郎だし……っ！」

思いつくままに悪態をつきながら、乱暴な手つきで服を脱ぎ捨ててゆく。

けれど、いちばん腹が立つのは大嫌いな義兄にキスされて感じてしまった自分の体だ。

こんないたたまれない気持ちを味わわせたローレンスに、改めて怒りが込み上げてくる。

「……ん……っ」

冷たいシャワーを頭から浴びながら、和は声を殺して高ぶった体を慰めた。

4

——朝陽が眩しい。

薄目を開けた和は、ゆうべカーテンを閉め忘れていたことに気づいて眉根を寄せた。

先ほどまで見ていた夢を思い出し、大きくため息をついて顔を覆う。

（よりによって……）

十三歳のときの恥ずかしい出来事。封印したはずなのに、ゆうべあんなことがあったせいで記憶がよみがえってしまった……。

当時の和は、同世代の子供たちより少々遅い第二次性徴を迎えていた。急激に背が伸び、声が変わり……体の変化については学校で教わっていたが、実際自分の体に起こり始めた現象にひどく戸惑っていた。

あれは暑い夏の日のこと。当時大学生だったローレンスは大学の寮に住んでいて、長期の休みも旅行やアルバイトでほとんど家には寄りつかなかった。

けれどあの日はたまたま家にいて——確か翌日からロシアの美術館巡りに行くとかで、荷造りのために帰ってきていて——久しぶりに一緒に夕食をとったのだった。

両親の再婚当初よりもいくぶん態度が柔らかくなり、和が大学のことをあれこれ尋ねると面倒がらずに答えてくれたのを覚えている。

翌朝、なかなかベッドから出てこない和を起こしに、ローレンスが寝室にやってきた。

『どうした和。朝の涼しいうちにテニスするんじゃなかったのか?』

ローレンスがベッドの端に座り、和の頭を軽く小突いた。

『……ん……』

真っ赤になって、和はもじもじとブランケットをたぐり寄せた。

とっくに目は覚めていたが、思いがけない事態に直面して困っていた。そこへローレンスがやってきて、ベッドから出るに出られなくなってしまったのだ。

『顔が赤いぞ。熱があるのか?』

『…………違う……』

目を潤ませ、今にも泣き出しそうな声で答えた和に、ローレンスはぴんと来たらしい。

ローレンスも少し困ったように目を泳がせ、咳払《せきばら》いをしてから淡々と言った。

『もしかして、夢精したのか』

『…………多分』

『下着、汚れてるんだろう?』

『………うん』

『……初めてか』

黙って頷いた和をちらりと見やり、ローレンスは立ち上がって背を向けた。

『心配しなくていい。男なら誰でも通る道だ。下着は洗って汚れを落としてから洗濯機に入れておけ。ホリーはあれこれ尋ねるような野暮な真似はしない』

『……わかった』

『今日のテニスは中止だ。シャワー浴びてから降りてこい』

『待って……っ』

ローレンスが部屋を出て行こうとしたので、慌てて和は上半身を起こして呼び止めた。

『……なんだ』

ドアの前で足を止め、ローレンスが肩越しに振り返る。

『あの、パパとママには言わないで……』

灰色の瞳が一瞬和を見つめ、感情を見せないまますっと視線をそらした。

『言わないさ。誰にも言わない。約束する』

そう言って、ローレンスは振り返らずに部屋を出て行った――。

(うわ……なんで思い出しちゃったんだろう……)

真っ赤になって、和は両腕で自分の体をかき抱いた。

ゆうべあんなことがあったせいだ。封印していた恥ずかしい思い出に、大声で叫び出したくなる。

まったく、あのときの自分はどうかしていた。ローレンスが構ってくれたのが嬉しくて、つい気を許して恥ずかしい秘密を打ち明けてしまった。

(何も正直に申告しなくても、適当にごまかせばよかったんだ……それかドアに鍵をかけておくべきだった)

あの日から和は、いつローレンスに蒸し返されるだろうかとびくびくしていた。中学生の頃、ローレンスにからかわれてもなかなか言い返せなかったのは、恥ずかしい弱みを握られていたからに他ならない。

いつしか記憶は薄れ、今では一丁前に言い返すようになったが……。

(……ローレンスも覚えてるのかな。そんな昔のことじゃないし、すっかり忘れてるってことはないだろうけど……)

あれ以来一度も蒸し返さなかったことについては感謝している。もしローレンスが根っからの悪党だったら、平気で言いふらして和に恥をかかせたことだろう。

(でも、思い返してみたらあの頃から俺に対していろいろ意地悪言うようになった気がする。それまではつんけんして滅多に口も利いてくれなかったのに)

仰向けになって天井を見上げ、ため息をつく。

もしかしたら、ローレンスなりに親愛の情を示してくれているのだろうか。

しかし六年前の件はさておき、ゆうべのキスは許し難い。悪ふざけにもほどがある。

(……当分顔見たくない)

ゆうべはうちに泊まっているはずだ。今日はギャラリーに顔を出すと言っていたから、そろそろ起きてくる頃だろう。

顔を合わせるのが気まずくて、和は敢《あ》えて寝坊することにしてブランケットを引き寄せた。


十時をまわってから階下へ降りてゆくと、居間で祖母がひとり、のんびりと紅茶を飲んでいた。

「おはようございます、おばあさま」

「おはよう。今朝は遅いのね」

読んでいた新聞から顔を上げて、祖母が微笑む。

祖母は普段、サウサンプトンにある先祖代々の屋敷で暮らしている。誕生日パーティーの前後は一週間ほどこの家に滞在するのが恒例だ。

両親が再三同居を持ちかけているのだが、自分の目の黒いうちは亡夫の残した屋敷を守ると言って頑張っている。それだけではなく、近所に気の合う男友達がいることが最大の理由のようだが……。

「うん……ちょっと寝坊しちゃって。みんなは？」

「ヘンリーと彰子は仕事に行ったわ。アンドリューはゆうベレベッカを送っていって、そのまま帰らなかったみたい。ローレンスは書斎で何か調べものをしてるわ」

「……そう」

落ち着かない気分で、和はダイニングに向かった。

いつもなら、アンドリューが帰ってこなかったという話のほうに気を取られていただろう。けれど今は、とっくに出勤したと思っていたローレンスがまだ家にいると聞いて動揺している。

（……なんでまだいるんだよ）

ちらりと書斎のほうを見やり、ドアが閉まっていることを確認する。

寝室に戻って寝直そうかとも思ったが、そろそろ支度をしないと講義に遅れてしまう。

（あいつのことは気にするな。何ごともなかったかのように、普通にしてればいいんだ）

そう自分に言い聞かせていると、キッチンからホリーが現れた。

「おはようございます。朝食お持ちしますね」

「うん……あ、今日は軽めでいいや。オートミールだけにしてくれる？」

「了解です」

少しでも早く食べ終えて、ローレンスと顔を合わせないうちに家を出たい。熱々のオートミールを急いでかき込み、和は素早くダイニングルームをあとにした。

「行ってきます」

祖母とホリーに声をかけて、玄関を出る。ガレージまでの道を歩きながら、和はローレンスと顔を合わせずに済んだことにほっと胸を撫で下ろした。

ローレンスがアパートに戻れば、当分会うことはないだろう。次に会うのは、もしかしたらアンドリューとレベッカの婚約披露パーティーかもしれない。

(いや……それより先に俺の留学だな。しなくていいって言っても多分壮行会的なパーティーがあるだろうから)

そんなことをつらつら考えながらガレージにたどり着いた和は、ぎくりとして体を強ばらせた。

「遅かったな。寝坊か?」

和の愛車にもたれて腕を組んでいたローレンスが、こちらを向いてにやりと笑う。

「……ローレンスこそ、ギャラリーの開店時間とっくに過ぎてるんじゃないの?」

不意打ちを食らって、声が上擦ってしまう。まさかガレージで待ち伏せしているとは思わず、油断していた。

「店番ならアシスタントがいるさ。オーナーは午後からゆっくりご出勤だ」

「……あっそ」

素っ気なく言いつつ、和はローレンスの顔を見ないように視線を泳がせた。

今はまだ心の準備ができていない。ゆうべのことを蒸し返されたら、なんと言って切り抜けたらいいのか……。

「……ちょっと、そこどいてくれない？」

眉間に皺を寄せて、和は尖った声を出した。さっさと車を出して逃げたいのに、ローレンスがもたれかかっているので運転席のドアを開けられない。

「ご機嫌斜めだな」

からかうような口調に、思わず視線を上げてローレンスを睨みつける。

灰色の瞳が、じっと和を見下ろしていた。

視線が合った途端ゆうべのキスの記憶が押し寄せてきて、かあっと顔が熱くなる。

「怒ってるのか」

「……当然だろ！」

慌てて目をそらし、斜めがけにしたショルダーバッグのベルトをきつく握り締める。

憤懣《ふんまん》やるかたないといった様子の和を、ローレンスは唇に笑みを浮かべて面白そうに観察していた。

「もしかして、キスは初めてだったか？」

「……っ！」

真っ赤になって、和は俯いた。

違うと言い返したい。けれど下手に言い返したら、初めてのキスについてあれこれ追及され、白状させられるに決まっている。

そしてきっとローレンスはこう言って笑うのだ——そんなのはキスのうちに入らない、と。

（確かに舌を絡めるような濃厚なやつは初めてだったけど、だからなんなんだよ⁉　あんなの俺にとっちゃ事故みたいなもんだ！　あれはキスとは認めない！）

心の中でローレンスに罵声《ばせい》を浴びせる。

実際口にしたら挙げ足を取られることはわかっているので、和は黙って耐えた。

「そうか、初めてだったのか。それは悪かったな」

ローレンスが驚いたような表情を作り、わざとらしく両手を広げてみせる。

「……いいからどけよ！」

かっとなって、和はローレンスの体を押しやった。

押しやったはずが……いつのまにか体を入れ替えられて、自分のほうが車に背中を押しつけられる格好になっていた。

「……っ！」

ローレンスに詰め寄られて、和はびくびくと震えた。どこも触られていないのに、全身が総毛立つような感覚に襲われる。

薄暗いガレージの中で、灰色の瞳が謎めいた光を帯びて和の目を見つめていた。

その瞳に魅入《みい》られたように、和も見つめ返してしまう。

「初めてのキスなら、あんな形ではなくもっと丁寧にするべきだったな。もう一度やり直すか？」

顎をすくわれて、和ははっと我に返った。

「…………やめろ！」

間近に迫っていた逞しい胸を突き飛ばす。

ローレンスはあっさりと手を放して後ずさり、声を立てて笑った。

「……俺のことからかって楽しいかよ？」

「ああ、楽しいね。実に楽しい」

意地悪で無神経な言葉に、じわっと涙がにじんでくる。

手の甲でごしごしと拭って、和はローレンスを睨みつけた。

「いいか？　俺はアンドリューに気持ちを打ち明ける気はないし、結婚の邪魔をする気もない。だからもう放っておいてくれよ！」

そう言い捨てて車に乗り込み、エンジンをかける。深呼吸をくり返して気持ちを落ち着かせてから、和はゆっくりと車をスタートさせた。

5

――九月半ばの木曜日。

東京近郊にある私立大学のキャンパスは、まだ真夏と言っていいほどの強い日差しに照らされていた。

「あつー……」

エアコンの効いた教室棟から外へ出た和は、アスファルトから立ちのぼってきた熱気に思わず顔をしかめた。

久しぶりの日本での生活で、まず閉口させられたのがこの湿気だ。イギリス暮らしに慣れた身には相当きつい。

(でも、来てよかった。授業は面白いし、日本での生活もなんか懐かしいし)

この三ヶ月、慌ただしく過ぎていった。

六月の下旬に交換留学生としての派遣が決まり、すぐに各種手続きに奔走し、同時に試験やレポートをこなし、七月下旬に来日して学生寮に入居した。

『もう行くのか？　大学の後期は九月からだろう。八月の終わり頃行っても充分間に合うんじゃないか？』

和が早々に日本へ渡ると聞いて、アンドリューは怪訝そうに言った。

『そうだけど……少しでも早く日本の生活に馴染《なじ》んでおきたいんだ。せっかくだから美術館巡りとかしたいし』

そう言うと納得していたようだが、本当の理由は違う。

一刻も早く、ローレンスから離れたかったからだ。

――銀杏《いちょう》並木の木陰を歩きながら、和はため息をついた。

ローレンスとは、祖母の誕生日パーティーの翌朝の一件以来ほとんど口を利いていない。

（まあ口を利こうにも、あれから仕事忙しくなったみたいで家に帰らなくなったし）

最後に顔を合わせたのは、七月半ばに家族や親戚が集まって開いてくれた壮行パーティーだ。

『結局留学は半年にしたんだって？』

『……ああ。俺の希望するゼミの先生が三月で定年退職だって聞いたから』

『半年なんてすぐだな。まあ頑張ってこい』

少し遅れてやってきたローレンスと交わした言葉はそれだけだ。

家族を心配させたくなかったので平静を装っていたが、和は一度もローレンスと目を合わせなかった。

（……向こうから謝ってくるかと思ったけど、それもなかったし）

こっちから蒸し返すのも癪《しゃく》で、和も敢えて何も言わなかった。

もやもやした気持ちは日本に来てからもいっこうに晴れないままで、こうしてひとりでいると、ついローレンスのことを考えてしまう。

（やっぱり一度がつんと言ってやればよかった。あいつに謝らせて、二度と俺のことからかわないって誓わせて……）

ローレンスのことを考えると、自然と表情が険しくなってしまう。

眉間に皺を寄せて、和は学内のカフェテリアに向かった。次の講義まで一コマ空き時間があるので、涼しい場所でアイスティーでも飲みながら本を読むことにする。

ランチタイムを過ぎたカフェテリアは閑散としていた。カウンターでアイスティーの紙コップを受け取り、窓際の席につく。

買ったばかりの文庫本を広げるが、なかなか内容が頭に入ってこなかった。日本語の文章を読むこと自体久しぶりなので、読めない漢字が多くていちいち電子辞書で調べなくてはならない。

悪戦苦闘しながらどうにか最初のページを読み終えて顔を上げると、ふと、二つ離れたテーブルでノートを広げていた学生と目が合った。

（あれ？　知り合いだっけ？）

視線が合った途端彼が人懐こい笑みを浮かべたので、戸惑いながら記憶を反芻《はんすう》する。見覚えがあるような気もするが、ゼミの学生ではない。和が視線を泳がせている間に、彼はテーブルの上のノートを片付けて、紙コップを手にこちらへ歩み寄ってきた。

「あの……僕、金曜三限の日本史取ってるんだけど、確かきみもだよね」

「……ああ！」

思い出して、和は大きく相槌を打った。

和のカリキュラムにはない一般教養科目だが、東洋美術史に関わる興味深い内容だったので出席させてもらうことにした授業だ。三十人ほどの学生の中に、彼の顔があったのを思い出す。

「ここ、座っていい？」

「もちろん」

文庫本を閉じて笑顔で応じる。ゼミの学生とは一通り仲良くなったが、こんなふうにゼミ以外の学生にも声をかけられるのは初めてだ。

「一年生？」

向かいの席に座った彼が、興味津々といった様子で尋ねる。

「えーと、そうなるのかな。俺、交換留学生なんだ」

「ええっ？　留学生？　どこから？」

「イギリス。といっても日本生まれの純日本人なんだけどね。親がイギリス人と再婚して、今は向こうに住んでるから……」

こちらに来てから何度となくくり返した自己紹介をしながら、アイスティーの紙コップを弄《もてあそ》ぶ。

和がイギリスからの留学生だと言うと、たいていの学生はがっかりしたような顔をする。イギリス人が来ると思って期待していたらどこからどう見ても日本人で、肩透かしを食らった気分になるのだろう。

「ああ、文学部にイギリスからすごい美少年の留学生が来たって聞いたけど、きみのことだったんだなあ」

彼のセリフに、和は目をぱちくりさせた。こういう反応は初めてで、喜んでいいのかどうかわからなくて困惑する。

「えーと……俺、和っていうんだ。和・ウェントワース」

「あ、ごめん、名前言ってなかったね。僕は小出智幸《こいでともゆき》。社会学部の一年生」

屈託のない笑顔を浮かべて、彼——智幸はバッグから取り出した名刺を差し出した。パソコンで作ったらしい名刺には顔写真と大学名、所属する学部学科、メールアドレスがプリントされている。

「ありがと……へえ、こういう名刺もらったの初めて」

「よその大学と合同のサークルに入ってるから、こういうのあると便利なんだ」

「ふうん……」

改めて智幸の顔を正面から見つめ、和は彼自身もかなりの美形であることに気づいた。遠目には目立たないが、近くで見ると日本人形のようなすっきりと整った顔立ちをしている。

和の視線を受けとめて、智幸は眩しそうに目を細めた。何か言いかけて口を開き、思い直したように唇を引き結ぶ。

「……何？」

和が促すと、智幸は意を決したように姿勢を正して向き直った。

「あのさ、実を言うと、昨日池袋できみのこと見かけたんだ」

智幸の言葉にどきりとする。

確かに和は昨日池袋に行った——あるイベントに出席するために。

「ごめん、本当はこんなふうに声かけるのはルール違反だよね。でも、僕も昨日あの会場にいて……」

「…………そうだったんだ」

少々動揺しながら、和は頷いた。

昨日出席したイベントというのは、セクシャルマイノリティをテーマにしたシンポジウムだ。

来日して間もない頃、学内の掲示板に貼られていたポスターで開催を知った。同性愛者であることを公言している著名人の講演、海外からのゲストを招いてのパネルディスカッション等々はさておき、都内の大学生が主体となって発足した同性愛者の団体の活動報告に興味を引かれて行ってみることにしたのだ。

和も、いずれはなんらかの活動に関わりたいと考えている。けれどイギリスにいるときは周囲の目が気になって、なかなか踏み出せずにいた。

知り合いのいない日本にいる間こそ、一歩踏み出すのにはいい機会かもしれない。そう考えて、勇気を振り絞って足を運んだのだが……。

「シンポジウムのあと交流パーティーで声かけようと思ってたんだけど、いなかったね」

「……最初は出席するつもりだったんだけど……実はああいう集まりに参加したの初めてで、ちょっと気後れしちゃって……」

膝の上で両手を握り合わせ、ぼそぼそと答える。

知り合ったばかりの、まだよく知らない相手に話してしまって大丈夫だろうか。しらばっくれたほうがよかったかもしれないと、後悔の気持ちが芽生え始める。

「ああ、わかる。最初は僕もそうだった。とにかく参加者が多くてびっくりして。え、この会場にいる人みんなそうなの？　って」

智幸の屈託のない笑顔と素直な言葉に、警戒心がやわらいでゆく。身構えすぎていた自分が恥ずかしくなり、和は照れ笑いを浮かべた。

「あのさ、昨日大学生の団体が参加してたでしょう。僕もメンバーなんだ」

「ほんとに？」

「定期的に集まって勉強会とか交流会とかやってるから、よかったらきみも来ない？　あっ、念のため言っておくけど、これはナンパじゃないよ」

智幸が慌てたように付け加えたので、和はくすくすと笑った。

「大丈夫。そんなふうに思ってないから」

「今のところ、この大学でメンバーは僕ひとりなんだ。ここではまだカミングアウトしてなくて、こっそり活動してる状態なんだけど……」

「俺も人に話したのは今日が初めてだよ」

積極的に打ち明けたわけではなく、なんとなく認めてしまったという感じだが、それでもずいぶんと気持ちが軽くなっていることに気づく。

（失恋とかローレンスとの衝突とかいろいろあって、自分で思ってるよりダメージ蓄積してたのかもな）

同じ立場の友人なら、いろいろ相談や打ち明け話ができるかもしれない。ひとりで抱え込むよりも、相談できる相手がいたほうが心強い。

智幸が身を乗り出して、真剣な眼差しで和を見つめる。

「秘密は守るよ。誰にも言わない」

「ありがとう……俺も言わないよ」

「メールアドレスとか、聞いてもいい？」

「ああ、もちろん」

スマートフォンを取り出して、互いの番号とアドレスを交換する。

「そろそろバイトの時間だから……じゃあまた授業で」

「うん、声かけてくれてサンキュ」

温かい気持ちに包まれながら、和は智幸の後ろ姿を見送った。


——午後四時。講義を終えた和は、足取りも軽く教室をあとにした。

階段を下りながらスマホの電源を入れると、さっそく智幸からメールが届いていた。

『テストがてら送信します。さっきは話ができてすごく嬉しかった！　よかったら今度学食でランチしませんか？　僕は平日毎日登校してます』

絵文字がちりばめられたメールに自然と頬が緩む。

『俺も嬉しかった！　水曜日以外は登校してるから、さっそく明日はどう？』

教室棟のロビーのベンチに座って、和は慣れない手つきで返事を打った。

（こういうのいいな……。ゼミの学生もみんな親切にしてくれるけど、半年だけのお客さんって感じで、腹を割って話せる人はいないし）

まだ会ったばかりだが、智幸とはいい友達になれそうな気がする。

同類であることに加えて、彼には和を狙っている気配がないからだ。

実はイギリスにいたときに、何度か友人に言い寄られたことがある。友達だと思っていた男に迫られるのは、あまり歓迎できる事態ではない。幸い無体《むたい》なことをする男はいなかったが、それがきっかけで距離を置いたり置かれたり、せっかくいい関係になれたと思っていた友達が離れてゆくのはつらいものだ。

智幸には男性特有の猛々《たけだけ》しさがなく、身の危険を心配しなくて済む数少ない貴重な友人になってくれそうな予感がする。

スマホをバッグにしまって、和はベンチから立ち上がった。

（夕飯どうしようかな……いったん寮に戻って、八時頃学食に行こうかな）

和が住んでいる学生寮は、大学から徒歩十五分ほどのところにある。簡単な調理ができるミニキッチンもついているが、食材を揃えるのが面倒で自炊はほとんどしていない。

学生寮と聞いて賄《まかな》い付きの相部屋を想像していたのだが、実際はワンルームタイプのマンションを一棟借り上げただけの少々味気ない物件だった。他の入寮者との交流もあまりなく、普通のアパート暮らしとさほど変わりがない。

（相部屋はいろいろ気を遣うだろうし、プライバシーが守られるという意味ではよかったけど……）

実質的にはひとり暮らしなので、今まで家族と一緒に生活していた身には少々寂しく感じることもある。

（うちの家族でひとり暮らしというと、おばあさまとローレンスか。おばあさまのところは住み込みのメイドや庭師がいるから、完全ひとり暮らしはローレンスだけか……。夕食いつもどうしてるんだろう。自炊とかしそうにないタイプだから、外食とかデリバリーかな）

もしかしたら、食事を作ってくれるような女性がいるのかもしれない。

本気か遊びかはさておき、ローレンスには常に女性の影がまとわりついている。誰かと同棲しているという話は聞いたことがないが、いずれはそうなる日も来るのだろう。

（……なんであいつのことなんか考えてるんだ）

小さく頭を振って、瞼に浮かんだローレンスの顔を振り払う。

ローレンスのことを考えると、自然と視線が俯きがちになってしまった。なんだかんだ言っても家族だし、長期間にわたる仲違《なかたが》いは避けたいのだが……。

（俺がイギリスに戻る頃には、ローレンスはキスのことなんか忘れてるかも。俺も忘れたふりをするべき？）

くり返し自問自答してきたが、いまだに気持ちは定まらない。視線を地面に落としたまま、和はいつものように正門をくぐって左へ曲がった。

「……っ」

ふいに向こうからやってきた誰かとぶつかりそうになり、慌てて立ち止まる。

「すみません」

小声で呟いて、衝突を避けるために左へ動く。

するとぴかぴかに磨かれた黒い革靴も、和の行く手を阻むように右へ動いた。

「——四限の授業が終わったのは四時だろう。いつまで待たせる気だ」

頭上から威圧的に降ってきた声に、全身が凍りつく。

正確な発音のイギリス英語、深みと艶《つや》のある低音、そしてこの傲慢《ごうまん》な口調……。

(ローレンス⁉　なんでここに⁉)

背中にじっとりと冷たい汗が噴き出してくる。

おそるおそる視線を上げると、サングラスの向こうから灰色の瞳が和を睨み下ろしていた。

——悪夢だ。

サプライズは苦手だし、つい先ほどまで思い浮かべていた人物がいきなり目の前に現れるなんて、心臓に悪いことこの上ない。

浅い呼吸をくり返して、和はなんとか平常心を取り戻そうと努力した。

「…………待ち合わせの約束をした覚えはないけど」

緊張で上擦った声で、いつもの憎まれ口を叩く。

「はるばる日本まで来て、わざわざ弟に会いに来てやった兄に対して、ずいぶんと冷たいじゃないか」

ダークグレーのスーツを一分の隙もなく着こなしたローレンスが、芝居がかった仕草で両手を広げる。言葉とは裏腹に、声は笑いを含んでいた。

またこれだ。ローレンスは和をからかって楽しんでいるのだ。

はあっと大きくため息をついて、和はそっぽを向いた。

「何か用？」

「はっ、何か用かと来たもんだ。思いがけない再会に感激してくれるかと思ったんだがな」

「じゃあ質問を変える。なぜここに？」

「いい質問だ。なぜだと思う？」

サングラスを外して上着の胸ポケットに無造作に突っ込み、ローレンスが肉感的な唇に微笑を浮かべる。

一瞬、自分に会いに……仲直りするために日本に来てくれたのだろうかと思ったが、いやいやそんなはずがないと打ち消す。どうせ仕事で来日して、時間が空いたからとかそんな理由に決まってる。

「……やめてよ。俺そういう言葉遊びにつき合う気はないから」

「なんだ、ずいぶんとご機嫌斜めだな」

「ご機嫌斜めにもなるよ。ローレンスがわざわざ俺のことからかいに来たのかと思うとね」

「まあそうかりかりするなって。ローレンスがディナーに連れてってやる」

ローレンスが顎で示した先に、黒塗りのハイヤーが停まっていた。

「……あのさあ……俺にも予定があるんじゃないかとか、考えたことないわけ？」

「お兄さまとのディナーを断ってまで優先すべき予定なんてあり得ないだろう」

「ねえそれ本気で言ってる？」

「俺はいつだって本気だ」

ローレンスの言動を腹立たしく思いつつ、和はだんだん可笑しくなってきた。

まったく、ローレンスらしい言い草だ。仕事のついでに立ち寄ったのだとしても、一応ローレンスなりに和のことを気にかけてくれているのだろう。

（……ま、別に予定もないし、いつまでも仲違いしてるのも嫌だし）

ため息をついて、和はローレンスの顔を見上げた。

「……わかった。じゃあ一回寮に戻って着替えてくる」

「そのままでいい」

「え、だけど……」

Tシャツにジーンズ、スニーカーという自分の格好を見下ろして戸惑う。ローレンスがファーストフードの店に行くとは思えないし、第一スーツ姿のローレンスと釣り合いが取れない。

「気にするな。いいから乗れ」

「あ、ああ……」

釈然としない気持ちを抱えつつ、和はローレンスに促されてハイヤーの後部座席に乗り込んだ。

「日本には新進アーティストの作品の買い付けに来た。ついでにしばらく滞在して、日本の美術界を視察するつもりだ」

ハイヤーがなめらかに滑り出して幹線道路に合流すると、ローレンスのほうから来日理由について切り出した。

「ふうん……」

窓の外を眺めながら、おざなりな返事をする。

「別におまえが日本にいるからじゃなくて、前々から考えていたことだ」

「……わかってるよ」

唇を尖らせて、和はちらりとローレンスのほうを見やった。言われなくてもローレンスがわざわざ自分に会いに日本に来たなどとは思っていない。

「で、どこに泊まってんの？」

「銀座」

「え、銀座？　ここから結構遠いんじゃない？」

和の通う大学は都心から離れた郊外、神奈川県に近いところにある。今から銀座へ向かうとなると、夕刻のラッシュも重なってかなり時間がかかりそうだ。

「ああ、まあそうなんだが、ホテルへ行く前に寄る場所がある」

「どこ？　レストラン？」

「行けばわかる」

それきりローレンスは黙ってしまった。

（なんだよもう……いっつもこうやって人のこと振りまわすんだから）

それ以上聞いても無駄だということはよくわかっているので、和も黙って窓の外へ視線を向ける。

車はいつのまにか幹線道路を外れ、区画整理された住宅街——いわゆるニュータウンの中を走っていた。建ち並んだ家々の向こうには畑が点在し、ところどころ林も見える。

（なんだろう……隠れ家《が》的なレストランとか？）

ハイヤーはニュータウンのはずれからなだらかな坂道を上り始めた。

この辺りの家は、分譲住宅ではなく昔からある古い家のようだった。奥多摩にあった母方の祖父母の家を思い出し、懐かしい気持ちが込み上げてくる。

やがて車は、竹林に囲まれた純和風の邸宅の前で停車した。運転手にここでしばらく待つように言って、ローレンスが車から降りる。

慌てて和もそのあとを追い、門の前で佇《たたず》むローレンスの隣に並んだ。門の上には古びた木の板が取りつけられており、達筆な墨文字で〝竹声庵《ちくせいあん》〟と書かれている。

「……ずいぶんと風流だね」

「だろう？　ある日本画家がアトリエ兼住居として使っていた家だ」

「今は？」

「空き家。だからここを借りることにした」

「ええっ？　ここに住むつもりなの？」

驚いてローレンスの横顔を見上げると、振り返った灰色の瞳と視線がぶつかった。

「せっかくなら日本風の家に住んでみたいと思ってな。それにおまえ、こういうの好きだろう？　なんだっけ、日本昔話みたいな……」

そういえば子供の頃、日本から持ってきた昔話の絵本をくり返し読んでいた。慣れないイギリス生活の中で、それが心のよりどころだった時期もある。

それをローレンスが覚えていたのが意外だが……。

「……ここに住むのはローレンスだろ。俺が好きかどうかは関係ないじゃん」

「何言ってるんだ。おまえもここに住むんだよ」

「ええ⁉」

さも当然のように言われて、和は大きく目を見開いた。

「ちょっと待って。無茶言わないでよ。俺は大学の寮に住んでるし、第一相談もなしにこんな……っ」

「ああ、大家が来たみたいだ」

ローレンスが和の言葉を遮って、坂道のほうを手で示す。タクシーが一台やってきて、ハイヤーの後ろに停車したところだった。

「大家さん？」

「画家の息子さんだ。英語は得意じゃないみたいだから通訳を頼む」

「ああ、そういうこと……」

通訳として連れて来られたらしいと知って、和は苦笑した。

「やあ、どうもどうも。ウェントワースさんですね。寺本《てらもと》です」

タクシーから降りてきたのは五十代くらいの元気そうな男性だった。英語は話せなくても物怖《ものお》じしない性格らしく、ローレンスに右手を差し出してがっちり握手を交わす。

「初めまして。わざわざすみません」

ローレンスがゆっくりと発音した言葉を、和は慌てて日本語に通訳した。

「ああ、こちらが弟さんですな。お話は伺ってます。さあさあ、中へどうぞ」

和の手も握ってぶんぶんを振りまわしたあと、寺本というその男性はポケットから鍵束を取り出して門扉に差し込んだ。

「いやあ、馴染みの画廊の社長から連絡もらったときはびっくりしましたよ。イギリスの有名な画廊のオーナーが、ここを借りたいと言ってると聞いてね。今どきこういう古い家はなかなか借り手がつかなくて、ここ二年ほどずっと空き家だったんですよ」

「大家さんは、ここには住まないんですか？」

「私は静岡で商売やってまして、ここじゃ通勤できないもんで……。引退したら住もうかと思ってるんですけど、まだ先の話です」

寺本の話を通訳するが、ローレンスはあまり聞いていないようだった。それよりも初めて目にした古い日本家屋に興味津々のようで、寺本の案内を待ちきれない様子であちこち覗いてみている。

「台所と風呂、トイレなんかの水まわりはリフォームして今風になってます。ちょっとアンバランスですけど、さすがに五右衛門《ごえもん》風呂のままじゃ借り手がつかないもんですから」

「五右衛門風呂ってなんですか？」

「若いかたは知らないかな。大きな釜で湯を沸かすんですよ。薪《まき》で。そりゃもう大仕事です」

「ああ、昔話に出てくるあれのことですか」

寺本と雑談しながらバスルームを見せてもらっていると、ローレンスが家を一周して戻ってきた。

「和、アトリエに案内して欲しいと言ってくれ」

「あ、うん。あの、アトリエを見せていただけますか？」

「どうぞ、こちらです。アトリエは離れになってるもんで」

いったん外に出て、一行は裏庭へまわった。それほど凝った造りではないが、裏の竹林と相まって、なかなか風情のある庭だ。

「この竹林が、風が吹くと独特の音を立てるんです。葉っぱのざわざわいう音だけじゃなく、竹同士がぶつかってかたかた言うんですわ。それで親父《おやじ》がここを竹声庵と名付けたんです」

「へえ……竹の声って、竹林の音のことだったんですね」

「庭は定期的に業者に剪定《せんてい》してもらってます。いつでもお貸しできるように、家の手入れも万全ですよ」

寺本が説明しながら、石畳の小径を先導する。

「うわあ、倉だ！」

小径の先に見えてきた白壁の倉に、和は歓声を上げた。竹林の中に佇む姿は昔話の絵本の挿絵にそっくりだ。

「親父がアトリエ用に改装したので、中はわりと現代風ですよ。土間を床張りにして、壁の漆喰《しっくい》を塗り直しましたし。前に若い染色作家さん住んでいたとき、ここで何度か作品展もやってました」

鍵を開けながら、寺本が説明してくれた。

「おお……アトリエって感じだ……」

外から見たときにはわからなかったが、天井に近い位置に明かり取りの窓もついている。

「悪くないな。収集品を保管するのにちょうどいい」

ローレンスも気に入ったようで、満足そうな表情を浮かべていた。

「よし、決まりだ。契約しよう」

「えっと、契約したいと言ってます」

和が通訳すると、寺本が笑顔で頷いた。


結局その日は、ローレンスが借りることになった家と和が通う大学のちょうど中間辺りにある寿司屋で夕食をとることになった。

『ディナーはまた今度にしてよ。今から銀座に行って食事なんかしていたら帰りが遅くなっちゃう。寮だから一応門限もあるし』

『心配ない。おまえの部屋も取ってやる』

『結構です。寺本さん、この辺りにお勧めのお店ってありませんか？　和食で、あんまり敷居の高くないお店がいいんですけど』

『それなら美味《うま》い寿司屋があります。ここから車で十分くらいですよ』

何もかもローレンスの思い通りにさせるのが癪で、和はてきぱきと夕食の店を決めてハイヤーの運転手に行き先を告げた。

ウェントワース家の面々は皆和食好きだ。とりわけ寿司が大好物のローレンスは、店の選択には異議を唱えなかった。

寺本が教えてくれた店は、味も雰囲気も上々だった。

と、そこまではうまくいったのだが……。

「だから何度も言ってるだろう。俺が留学したのは勉強のためだけじゃなく、家族と離れてひとりで生活する経験もしてみたかったからだって」

——ハイヤーの後部座席で、隣に座るローレンスに訴える。

「おまえが住んでるのは寮だろう。ひとり暮らしとは言えない」

ちらりと和のほうを見やり、ローレンスが素っ気なく言い放つ。

「個室だからひとり暮らしみたいなもんだよ」

「だったらイギリスにいるときに学生寮に入ればよかったじゃないか」

こともなげに言われて、和は眉間に皺を寄せた。

「あのさあ……俺が寮に入りたいって言ったとき、ローレンスなんて言ったか覚えてる？」

「〝大学の寮なんかやめておけ。いじめとドラッグの巣窟《そうくつ》だ〟」

「そう。そう言って俺のこと散々怖がらせたよね」

ため息をついて、和は深々とシートにもたれた。ハイヤーは寮まであと少しのところまで来たが、交差点が渋滞していてなかなか前に進まない。

（……ま、結果的には寮に入らなくて正解だったけど……）

窓の外を眺めながら、和は寮に入った友人の愚痴を思い出した。

パーティーと称して毎晩のようにどんちゃん騒ぎをする連中にうんざりし、ルームメイトの身勝手な行動に憤り……ローレンスの脅しはいささか大袈裟だが、それに近いこともあったらしい。結局彼は、これ以上耐えられないと言って寮を出て行った。

「おまえに集団生活は無理だ。真っ先にターゲットになるに決まってるからな」

「なんのターゲットだよ？」

「いじめたくなるようなタイプだってこと」

ローレンスの言葉に、和は目をぱちくりさせた。

面と向かってそういうことを言われたのは初めてだ。そして、ローレンスの目に自分がそんなふうに映っていたとは知らなかった……。

「……ローレンスが言うと、すごく真実味があるね」

ちくりと嫌味を言うと、ふいにローレンスが体を起こしてこちらへ向き直った。

「俺たちの親が再婚した頃のことを言ってるのか？」

「そう。ローレンスは覚えてないかもしれないけど、俺はローレンスには結構いじめられた気がする」

あまり深刻にならないように、軽い口調で応じる。

当時のことを恨み続けているわけではない。ローレンスの意地悪な仕打ちには傷ついたが、成長するにつれて、ローレンスの気持ちも理解できるようになった。

思春期の難しい年頃のローレンスにとって、新しい母親と弟ができることがどれほどストレスだったことか。無邪気に懐いてくる和は、さぞ鬱陶《うっとう》しい存在だったことだろう。

和を見つめていた灰色の瞳が、ふとそらされる。

いつもならすぐにふざけた言葉が返ってくるところだが、ローレンスは苦虫を噛み潰《つぶ》したような表情で黙り込んでしまった。

（……この話を持ち出したのはまずかったかな）

落ち着かない気分で、膝の上で両手を握り合わせる。

——寄宿学校から休暇で帰ってくるたび、ローレンスは和と彰子に歩み寄ろうと努力していた。

ローレンスも、あの頃は子供だったのだ。今になって子供時代の過ちを非難するのは大人げなかったと反省する。

和がこの場をどう収めようかと逡巡《しゅんじゅん》していると、ローレンスが先に口を開いた。

「あの頃のことは悪かった。両親の再婚で苛立つ気持ちをおまえにぶつけてしまった」

「……え、ちょっと、どうしちゃったの？」

まさかの謝罪に、かえって気が動転してしまう。

「どうって、何が？」

「ローレンスがあの頃のこと謝るの、初めてだから……」

「そうだな」

珍しく素直に認めて、ローレンスは再び和をじっと見つめた。

「ずっと謝りたいと思ってた。今夜それが果たせてよかった」

「………うん」

ローレンスにも葛藤があったことはわかるし、あの頃のことはもうとっくに許している。

そういったことをいろいろと伝えたいのに、とっさに言葉が出てこなかった。

（どうしよう……今すぐローレンスに飛びつきたいかも）

子供時代にタイムスリップしたような感覚に囚《とら》われて、無性に甘えたい気分になってしまった。

ローレンスの言葉に傷ついていた過去が、今の謝罪で温かく心地いい思い出に塗り替えられていく。

(いやいや、そんなことしたらまたローレンスにからかわれるし)

さすがにローレンスに飛びつくことは思いとどまり、窓の外に目を向ける。

混雑した交差点を通り過ぎ、ハイヤーは夜の町を軽やかに駆け抜けてゆく。やがて前方に寮が見えてきたので、和は身を乗り出して運転手に「あそこです、あの白い建物」と指で示した。

ハイヤーが寮のエントランス前で静かに停車する。

「お寿司ごちそうさま。同居の件は……まあ一応考えとくよ」

そう言って車から降りようとすると、ふいにローレンスに腕を摑まれた。

「いた……っ。なんだよ?」

摑まれた腕を意識しながら、大袈裟に顔をしかめる。

「謝りついでに、こないだのことも謝っておく」

「え?　こないだって?」

「パーティーの夜、おまえをからかった件だ」

「……っ!」

ローレンスに唇を奪われたときのことが鮮やかによみがえり、和はかあっと顔を赤らめた。

もちろんあの夜のことを忘れていたわけではない。

忘れようとしても忘れられない出来事だったからこそ、敢えて何重にもくるんで封印し、思い出さないようにしていた。

あのあとローレンスも何ごともなかったような顔をしていたので、あれはなかったことにしたのかと思っていたのに……。

「おやすみ」

言いながら、ローレンスが和の腕を摑んでいた手をゆっくりと離す。

「………あ、ああ」

ぎこちなく言って、視線を泳がせる。

ハイヤーが走り出し、その後ろ姿が見えなくなってから、和は自分の心臓がやかましいほど鳴り響いていることに気づいた。

6

――一週間後。

卓袱台《ちゃぶだい》を挟んだ向かい側の席、胡座《あぐら》をかいて肉じゃがを食べるローレンスを、和《のどか》は不思議な気持ちで見つめた。

（俺はいったいなんのために日本に留学したんだろう……）

もちろん東洋美術史を学ぶというのがいちばんの目的だが、それ以外にもアンドリューやローレンスと少し距離を置きたいという気持ちで決断したのではなかったのか……。

「結構上手《うま》くできてるじゃないか」

器用に箸を使いながら、ローレンスが上から目線で褒め言葉を述べる。

「……そりゃどうも」

「うちでは料理なんてしたことなかっただろ。いったいどこで覚えたんだ？」

「留学が決まってから、ホリーと母さんに一通り習ったんだよ。今んとこレパートリーは五種類だけど……」

「頼もしいことだ」

「まさかローレンスに手料理をふるまうことになるとは思わなかった」

ぼそっと呟《つぶや》いて、和は天井を見上げた。

——結局和は、ローレンスに押し切られる形で三日前にこの家に引っ越してきた。

『せっかく日本にいるんだから、純日本風の家に住んだほうが楽しめるぞ』

寿司屋で夕食をともにした翌日、寮に押しかけてきたローレンスは、ワンルームタイプのマンションの室内を見渡してそう言った。

『それはまあ、そうかもしれないけど……』

『第一、同じ市内にいるのに家族が別々に暮らすのはおかしいだろう』

『ローレンスだって、ロンドンでアパートに住んでるじゃん』

『ロンドンは話が別だ。ここは外国で、俺は日本語が話せない』

『つまり、俺に住み込みの通訳やれってこと？』

『そうは言ってない。一緒に住んだほうが双方にメリットがあると言ってるだけだ。ここだって、こんなに狭いけどそれなりに家賃がかかるんだろう？』

『…………』

決して安いとは言えない留学費用を親に出してもらっている身には、その言葉がいちばん効いた。

ウェントワース家は充分すぎるほど裕福で、ヘンリーは息子たちの教育には金を惜しまない。けれど母の再婚前に一時期つましい生活を送っていた和は、ローレンスのその言葉を無視することができなかった。

(俺って貧乏性かも……)

レシピ本を見て作ってみた胡瓜《きゅうり》の酢の物を口に運ぶ。少々酢を入れすぎたような気がするが、ローレンスが文句を言わずに食べているところを見ると、自分で思っているよりもいい出来なのかもしれない。

引っ越してきたのは三日前だが、この家でローレンスと一緒に食事をしたのは今日が初めてだ。和が引っ越してきたのと入れ替わりに、ローレンスはアーティストの工房を訪ねるために泊まりがけで長野へ出かけた。

いきなり同居生活が始まるよりも、三日間の猶予があったことで心の準備をすることができたように思う。

思い返してみると、和がローレンスと一緒に暮らした時間は短い。再婚後まもなくローレンスは寄宿学校へ行き、大学でも寮に入っていたし、卒業後はすぐにアパートを借りて家を出ていった。

(……しかもふたりきりだし)

おまけにロンドンの広い邸宅と違い、ここではしょっちゅう家の中で顔を突き合わせることになる。

　急に息苦しさを覚えて、和は箸を置いてローレンスのほうに向き直った。

「……ローレンスさ、いつまで日本にいるつもり？」

　酢の物を全部平らげて、ローレンスが顔を上げた。

「こないだも言っただろう。期間は決めていない。何人か気になるアーティストがいるし、来月から瀬戸内《せとうち》で芸術祭もあるから見ておきたいし」

「ロンドンのギャラリー、大丈夫なの？　閉めてるわけじゃないんだよな？」

「優秀なアシスタントに任せてある。もともと年内は買い付け期間に当てて、ギャラリーは開店休業状態にするつもりだった」

「ふうん……」

　そうは言っても、ローレンスのギャラリーはイギリスの現代アート界を牽引する存在だ。海外から電話やメールがひっきりなしに届いているようだし、長い間留守にしていて大丈夫なのだろうかと心配になる。

「そんな顔するな。俺の仕事はギャラリーの店番じゃない。新たな作品、才能あるアーティストを発掘するためには、実際に足を運んでこの目で見極めないとな」

「そっか……ならいいけど。ごちそうさま」

　食器を重ねて、和は立ち上がった。ローレンスも和に倣《なら》い、自分の食器を持って台所までついてくる。

「皿洗いは俺がやる」

「ありがと。じゃあ俺が拭《ふ》く係ね」

家事の分担は、あまり細かく決めずに臨機応変にやることになっている。今日はたまたま和が夕食を作ったが、互いに授業や仕事で忙しいときは、外食やデリバリーで済ませるつもりだ。

「で、おまえはどうなんだ？」

シャツの袖《そで》を腕まくりし、ややぎこちない手つきで食器を洗いながら、ローレンスが和を見下ろす。

「どうって？」

皿を布巾で拭きながら、和もローレンスを見上げる。

「友達はできたか？」

「うん。研究室のメンバー以外にも、歴史の授業で一緒の人と友達になった」

カフェテリアで声をかけてくれた智幸《ともゆき》とは、その後も交流が続いている。来週は智幸が入っているサークルの勉強会にも出席する予定だ。

「そうそう、ローレンス、ボウリングやったことある？　俺こないだ初めてやったんだけど、すごく面白かった」

智幸が大学の近くにあるボウリング場に連れていってくれて、体を動かすことが好きな和は大いに楽しんだ。場内に卓球コーナーもあり、次は卓球をやろうと約束もしている。

「ボウリング？　ああ、つき合いのあるアメリカ人のアーティストがボウリング好きで、何度か連れていかれたな」

「ほんとに？　今度勝負しようぜ。一緒に行った友達がすごく上手なんだけど、俺のこと筋がいいって褒めてくれた。センスあるって」

「初心者が俺に敵《かな》うとでも思ってるのか？」

和を挑発するように、ローレンスがふふんと鼻で笑う。

「やってみなきゃわかんねーよ」

「お手並み拝見といこう」

皿を洗い終えたローレンスが、タオルで手を拭きながら尊大に言い放った。

しかし慣れない皿洗いでワイシャツの前がびしょ濡れで、あまりにローレンスらしくない姿に思わず噴き出してしまう。

「なんだ？」

「いや……皿洗いをするローレンスって初めて見たなと思って」

「この俺が食器洗い機のついていない家に住むことになるとは、世の中何が起こるかわからないものだ」

自分のワイシャツを見下ろして、ローレンスが顔をしかめる。

「俺も最初はそんな感じだったよ。大丈夫、すぐに上手くなるって」

ローレンスに対して先輩風を吹かせることのできる数少ない機会だ。笑いを堪《こら》えながら、和はわざと大袈裟《おおげさ》な表情で慰めた。

「……まあいい。紅茶を淹《い》れるが飲むか？」

「あ、うん」

頷いて、和は戸棚からティーカップを取り出した。

家事は全般的に苦手なローレンスだが、紅茶を淹れるのだけは上手い。銘柄や淹れ方にもうるさくて、これだけは人に任せず自分でやらねば気が済まないらしい。

ローレンスがティーポットに熱湯を注ぎ、アールグレイの香りがふわりと広がった。

「おお、いい香りー。そういや最近紅茶飲んでなかったな」

「紅茶のない人生に意味はない」

ローレンスがしかつめらしい顔をして、格言めいた言いまわしに節をつける。

「え、人生までいっちゃう？　英国紳士は大袈裟だねえ」

くすくす笑いながら、和はトレイを持ってダイニングとして使っている六畳間に向かった。

「月が綺麗だ。庭を眺めながら飲もう」

「いいね、すごく風流」

ローレンスの提案に頷《うなず》いて、トレイを縁側に運ぶ。

夜の庭は、月明かりに照らされて昼間よりも幻想的な佇《たたず》まいを見せていた。

九月もそろそろ終わろうとしている。日中はまだ暑い日もあるが、夜はずいぶんと過ごしやすくなった。

「今夜は満月かな……満月よりちょっと少ない？」

夜空を見上げて目を細める。

「明日が満月だ」

縁側に並んで腰かけ、ローンレンスも月を見上げる。

アールグレイを一口飲んで、和は月を眺めながら美味《おい》しい紅茶を味わう贅沢を楽しんだ。

「月明かりの庭は風流だが、虫の鳴き声がすごいな」

「日本人は虫の音も風流だと思ってるよ」

「蚊にたかられることも？」

顔をしかめながら、ローレンスがさっそく寄ってきた蚊を手で追い払う。

「ああ……それはさすがに風流とは思えないね。蚊取り線香つけよっか？」

「いい。紅茶の香りが台無しになる」

「香りで思い出したけど、虫除《よ》けのハーブがあるらしいよ。置いとくと蚊が寄ってこないってやつ」

「効くのか？　こいつら手強《てごわ》そうだぞ」

「どうかな。そういえばおばあさまも庭のハーブで虫除けのスプレーを作ってたね」

「変わった匂いのあれか？　子供の頃全身に吹きかけられて、効果はともかく匂いがすごくてまいった」

「え、あの匂い、俺は好きだよ」

「信じられない。頼むから祖母に電話をかけて送ってくれとか言わないでくれよ」

ローレンスのぼやきに、和は声を立てて笑った。

ふと、虫が一斉《いっせい》に鳴きやんで、辺《あた》りが静寂に包まれる。

「和」

改まった声で呼びかけられ、和はローレンスのほうを振り返った。

「何？」

月明かりの下で見る灰色の瞳に、祖母の誕生日パーティーの夜の記憶が呼び覚まされてどきりとする。

「……恋人はできたか？」

先ほど友達ができたかと尋ねたときとはまったく違う口調で、ローレンスが切り出す。

「え……な、なんだよいきなり」

いきなりの質問に面食らって、和は声を上擦《うわず》らせた。

ローレンスが真面目に聞いているのかからかい半分に尋ねているのかわからなくて、その真意を探ろうと灰色の瞳を窺《うかが》う。

「一緒に住むんだから、教えてくれたっていいだろう」

「じゃあローレンスはどうなの？」

「俺はいつでもフリーだ」

「嘘ばっかり。いっつも取っ替え引っ替えしてるじゃない」

「家族に紹介するような真剣なつき合いはしていないという意味だ」

「……あっそ」

どうやら遊び人だという噂《うわさ》は本当らしい。ローレンスの恋愛観に意見する気はないが、なんとなく心の中がもやもやしてしまう。

（なんかむかつくなあ……こんなやつに俺のファーストキスを……）

無意識に唇がへの字になり、視線も俯《うつむ》く。

「それで、どうなんだ？」

「…………まあ一応、できたかな」

ぼそっと呟いて、カップに残った紅茶を飲み干す。

もちろん嘘だが、和にもプライドがある。ローレンスに、いつまでも失恋を引きずってうじうじしていると思われたくなかった。

それに……今後ああいうふざけたことをさせないためにも、決まった相手がいると思わせておいたほうがいいような気がする。

「アンドリューのことはもう吹っ切れたのか」

ローレンスの声からは感情が読み取れなくて、和はちらりと彼の顔を見上げた。

からかったりふざけたりしている様子ではなかったので、一拍置いてから口を開く。

「……日本に来て、離れてみて思ったんだ。アンドリューはいつも優しくしてくれてたから、なんか俺……一緒に過ごしてるうちに、恋してるような気になってたんだと思う」

実を言うと、自分でもまだよくわからない。けれど前から少し感じていたことを口にしてみると、それが正解のような気もした。

「本当に？」

「……そう聞かれると俺もちょっと自信ないんだけど……。あのさ、本当に本気の恋って、距離が離れてても恋しくて仕方ない、すぐにでも会いたいって思うものだろう？」

「……ああ」

「俺、日本に来てから結構アンドリューのこと忘れてるんだよね……。今すぐ会いたいとか、そういう切羽詰まった気持ちがないっていうか」

離れても片時も忘れられないというほど、熱烈な感情ではなかった。

認めるのは少々癪《しゃく》だが、恋だと思っていたアンドリューへの想いは、単なる憧れにすぎなかったのかもしれない。

「そうか」

もっとあれこれ突っ込まれるかと思ったが、ローレンスはそれきり黙り込んでしまった。入れ替わるように、虫たちが再び大合唱を始める。

「紅茶、ごちそうさま」

そう言って、和はカップを持って立ち上がった。

「ああ……」

庭に視線を向けたまま、ローレンスがおざなりな返事をする。ローレンスのカップにまだ紅茶が残っていることに気づいて、和は眉《まゆ》をひそめた。

(いつも熱いうちに飲むのに。冷めた紅茶ほど許し難いものはない、とか言ってさ)

「和」

カップを下げようと踵《きびす》を返すと、ふいにローレンスに呼び止められた。

「何?」

振り返ると、ローレンスが縁側に座ったまま和をじっと見上げていた。

「兄として、おまえの恋人に会っておきたい。紹介してくれるか?」

「え……ああ、えっと……まだつきあい始めたばかりだから、そのうちね」

もごもごと言い訳し、くるりと背を向ける。まさか紹介しろと言われるとは思わなかったので、動揺して冷や汗が出てきた。

(困ったことになったな……)

今更《いまさら》嘘だとは言いづらい。ほとぼりが冷めた頃に、上手くいかなくて別れたとでも言うべきか。

つまらない見栄を張ってしまったばかりに、余計な心配事が増えてしまった。

台所の流しにカップを置いて、和は小さくため息をついた。

——翌日の午後十二時十五分。

二限の講義が終わって、教室棟の廊下が学生たちで埋め尽くされる。混雑した人波を避けるように少し遅れて教室棟を出て、和は学生会館前の広場へ向かった。

ランチタイムの学食は混《こ》み合っていてゆっくりできないので、この頃はもっぱら移動販売の弁当を利用することにしている。

広場には、いつものように移動販売車が三台停まっていた。弁当店が二台、パンやサンドイッチの店が一台。いろいろ食べ比べてみた結果、いちばん気に入った弁当店の列に並ぶ。

「和」

後ろから声を掛けられて振り返ると、智幸だった。

「あれ？　今日は四限からじゃなかった？」

「そうなんだけど、レポートの締め切りが近くてさ。家だと集中できないから図書館にこもってやろうと思って。和ひとり？　僕もご一緒していい？」

「もちろん」

自然と笑顔になり、頷く。

「この店のは初めてなんだ。何かお勧めある？」

「焼肉弁当としょうが焼き弁当、めっちゃ美味《うま》かったよ」

「じゃあしょうが焼きにしようかな……ああでも八宝菜も捨てがたい……」

車に立て掛けてあるメニューを見て、智幸が腕を組んで考え込む。

「俺はチンジャオロースとハンバーグで迷ってる。ねえ、和風おろしハンバーグってどういうの？」

「ああ、大根おろしがかかってるんだよ。食べたことない？」

「大根おろし……？」

「大根を、こう、すり下ろしてあるの。結構美味しいよ」

智幸が英語とジェスチャーを交えながら説明してくれる。

一緒にボウリングに行ったときに知ったのだが、智幸は高校時代アメリカにホームステイした経験があるそうで、英語はかなり堪能だ。発音も言葉の使い方もアメリカ流で、和が聞いたことのないようなスラングまで知っている。

「よくわかんないけど、それにしてみよう」

和は和風おろしハンバーグ弁当、智幸はしょうが焼き弁当を手に、ふたりで空き教室の片隅に並んで座る。

「引っ越し、もう落ち着いた？」

弁当の蓋《ふた》を開けながら、智幸が尋ねる。

「まあね……荷物はもともと少なかったから部屋はすぐに片付いたけど、予想外の出来事にまだ戸惑ってる感じ」

ため息をつきながら、和は割り箸をぱきんと割った。智幸には、突然の義兄の来日と、同居する羽目になってしまった経緯を話してある。

「ほんと、急だったもんね。事前に連絡もなく突然って、お兄さんサプライズのつもりだったのかなあ」

「サプライズなんて可愛いもんじゃないよ。不意打ち食らって俺が動揺してる間に、ちゃっかり自分の思い通りに事を運んだ感じ」

「きっとお兄さん、和のことが心配だったんだよ」

「ええー、それはない。俺のこと、日本滞在中の通訳くらいにしか思ってないんだから」

そう言って苦笑し、ハンバーグを口に運ぶ。

「僕はひとりっ子だから、構ってくれる兄弟がいるのは羨《うらや》ましいよ」

「ああ……うん……俺もひとりっ子だったから、兄ができたときはすごく嬉《うれ》しかった」

アンドリューは和が思い描いていたような理想の兄だったが、ローレンスは一筋縄ではいかなくて……いろいろあっただけに、今日本で同居していることが奇跡のように思えてくる。

（昔のことは水に流したし、今現在喧嘩《けんか》もしてないし。考えてみたら、今までの人生でローレンスとの関係がこんなに平穏だったことってないかも）

ほんの三ヶ月前、祖母の誕生日パーティーの夜にあんなことがあって、一時期はもう二度と関係を修復できないかと思っていた。強引なやり方ではあったが、ローンレスが日本に来て同居しようと言い出さなかったら、仲直りの機会はもっと先延ばしに……あるいは永遠に訪れなかったかもしれない。

「和風おろし、どう？」

智幸に気遣わしげに尋ねられ、物思いに耽《ふけ》っていた和ははっと我に返った。

「ああ、うん。さっぱりしてていいね。今思い出したけど、大根おろしって昔おばあちゃんちで食べたことある。そのときは確か魚にかかってたと思うけど……」

「そうそう、よく焼き魚に添えてある。天麩羅《てんぷら》にかけても美味しいよ」

「天麩羅に？　へえ、今度うちでもやってみよう」

揚げ物はまだ怖いので出来合いの天麩羅を買うことがあるが、大根おろしをかけたらいつもと違った風味になっていいかもしれない。

「お兄さんは和食いけるの？」

「ローレンスは食べ物の好き嫌いないんだ。仕事柄いろんな国に行くせいか、和食でも中華でもアラブでもなんでもＯＫって感じ。その土地ならではの味を積極的に楽しめるタイプかな。俺は激辛と変わった食材は無理なんだけど」

「変わった食材？」

「ええと、虫とかそういうの。こないだローレンスが仕事で長野に行って、蜂の子食べたって言ってた」

「ああ……僕もそっち系はちょっと苦手かも」

「しかも写真撮ってきて俺に見せるんだよ。俺がそういうの苦手なの知っててわざと」

大袈裟に顔をしかめると、智幸が声を立てて笑った。

「一度和のお兄さんに会ってみたいな」

「ぜひうちに遊びに来てよ。ローレンスはともかく、家はすごく素敵で……」

言いかけて、和は振り返って智幸の顔をまじまじと見つめた。

「え、な、何？」

穴が開くほど見つめられて、智幸が戸惑いの表情を浮かべる。

――智幸に、恋人のふりをしてもらったらどうだろう。

智幸は申し分のない好青年だし、アンドリューが持つ優しげな雰囲気と似通ったところがあるから、和が好きになる相手として不自然ではない。

「……あのさ、折り入って頼みたいことがあるんだけど」

和が切り出すと、智幸は目をぱちぱちと瞬《しばたた》かせた。

7

「やあ、いらっしゃい。和の兄のローレンスだ」

「初めまして、小出《こいで》智幸です。えっと……和とおつき合いさせていただいてます。これ、お口に合うかどうかわかりませんが……」

十月第一週の金曜日の夕刻、竹声庵《ちくせいあん》の玄関。智幸が緊張した面持《おもも》ちで挨拶《あいさつ》し、持参した和菓子の箱を差し出す。

「ああ、和から聞いてるよ。よろしく」

出迎えたローレンスがにこやかな笑顔で応じ、箱を受け取って右手を差し出す。

ローレンスと智幸が握手をかわすのを、和は固唾《かたず》を呑んで見守った。

こんなふうに笑顔を作っているときのローレンスは、無表情のときよりも本心が見えにくい。けれど長年培ってきた勘で、ローレンスにとっての智幸の第一印象は悪くないらしいことは窺えた。

(よかった……とりあえず第一関門突破)

ローレンスは食べ物の好き嫌いはないが、人の好き嫌いは結構激しい。さすがに大人になってからは顔に出さないようになったが、十代の頃は気に入らない人は徹底的に無視し、周囲をはらはらさせたものだ。

（あの頃のことを思えば、ローレンスも丸くなったっていうか……。そのかわり皮肉な態度や物言いに磨きがかかったけど）

「さあ、中へどうぞ。夕食の前に、家の中を案内しよう」

「はい、お邪魔します」

この分だと、ローレンスと智幸は通訳なしで会話ができそうだ。ローレンスが相手に失礼にならない程度にゆっくり発音し、いつもよりわかりやすい表現を選んでいることに密《ひそ》かに感心する。

（仕事でしょっちゅう海外に行ってるから、英語が苦手な相手と接する機会も多いだろうしな）

兄弟になったばかりの頃のローレンスは、英語が話せない和に対しての配慮というものがまったくなかった。アンドリューのようにゆっくりわかりやすい話し方を心がけたり辞書を持ってきて説明してくれたりということはいっさいなく、一方的にまくし立てるばかりだった。

まあそのおかげで、ローレンスに言い返したいがために早く上達できたとも言えるが……。

（ローレンスも結構成長したじゃん）

今ではいっぱしの紳士然としているローレンスの、紳士ではなかった時代を知っていることに優越感を覚えてほくそ笑む。

「素敵ですね。僕はずっとマンション暮らしだったから、こういう家は住んだことないんです」

「最初はこの間取りに戸惑ったよ。部屋の仕切りも紙でできたドアだし」

「ああ、確かに、襖《ふすま》と障子《しょうじ》って紙でできたドアですね」

当たり障りのない話題で談笑しながら、三人で家の中をぐるりと一周する。

（なんか……思ってたより和《なご》やかな雰囲気だな）

少々拍子抜けした気分で、和はローレンスと智幸を見やった。ローレンスが智幸に意地の悪いことを言うのではと心配してたが、取り越し苦労だったようだ。

「ローレンス、離れの倉も見せてもらっていい？」

「ああ、もちろん。鍵を持ってこよう」

ローレンスが寝室へ鍵を取りにいったので、和は智幸と一緒に玄関にまわり、靴を履いて庭へ出た。

「お兄さん、すっごいかっこいいね。なんか俳優みたい。背も高いし声も渋いし、それになんたってあの目！　あの目で見つめられるとなんかどきどきしちゃう……」

外へ出るなり智幸が肩を寄せ、興奮を抑えきれない様子で囁《ささや》く。

「ええっ？　ああ……うん、見た目はかっこいいね、確かに」

「あんな素敵な人と一つ屋根の下で暮らしてるなんて羨ましすぎるー」

「だけどローレンスって、外面いいけど性格は結構悪いよ？　こないだ話したじゃん、子供の頃から散々意地悪されたって……」

恋人のふりをしてもらうに当たって、和はローレンスとのいざこざを正直に打ち明けた。長兄にほのかな想いを寄せていたこと、それをローレンスに気づかれてからかわれたこと――ローレンスにキスされた件は、どうにも気恥ずかしいので黙っていたが。

「あんな素敵なお兄さんになら意地悪されてもいい。むしろ意地悪されたーい」

竹林に囲まれた小径《こみち》を歩きながら、智幸が両手を握り締めて声を上擦らせる。

「智幸、あんまりローレンスをうっとり見つめないでくれよ。一応俺の恋人ってことになってるんだから」

「そうだった。じゃあ僕たちがうっとり見つめ合わないとね」

「いや、そこまでしなくていいけど」

ふたりで顔を見合わせて、くすくすと笑う。

やがて前方に見えてきた倉に、智幸が歓声を上げた。

「うわあ……ほんとに倉だ……！」

「俺、初めて見たとき日本の昔話みたいで感激したよ。中は改装して今風になってるけど」

「今はお兄さんが倉庫として使ってるんだっけ？」

「うん。収集品の倉庫兼オフィス」

倉を見上げてふたりでしゃべっていると、鍵を持ったローレンスがやってきた。

「お待たせ」

ローレンスが、智幸ににっこりと笑いかける。

完璧なその笑顔に智幸が見とれる前に、和はさりげなくふたりの間に割って入った。

「倉に入るの久しぶり」

「いつでも訪ねてきてくれていいんだぞ」

鉄製の扉を開けながら、ローレンスがちらりと和を見下ろす。

口ではそんなことを言っているが、ローレンスは仕事とプライベートをきっちり分けたがるタイプだ。仕事の電話やメールは倉の中に設《しつら》えたオフィスで済ませ、母屋には極力持ち込まないようにしていることを和は知っている。

だから和も、敢えて倉には近寄らないことにしている。兄弟といえど、その辺りの線引きはきちんとしておいたほうがいい。

「いいよ。なんか閉じ込められそうで怖いし」

わざと憎まれ口を叩《たた》いて、和はローレンスと智幸に続いて倉に足を踏み入れた。

「今日はお招きくださってどうもありがとうございました」

「会えてよかった。おかげでとても楽しいひとときを過ごすことができたよ。またぜひ遊びに来てくれ」

――二時間後。

玄関で再びローレンスと握手をかわした智幸が、引き戸を開けて外に出る。

サンダルをつっかけて外に出て、和は智幸のあとを追った。

「俺、見送ってくる」

「今日はほんとありがとう」

智幸の隣に並んで声をかける。

「ううん、なんか悪いな、タクシーまで呼んでもらっちゃって」

「いいって、気にしないで。ここ、駅から遠いし」

「じゃあ遠慮なく……明日また学校でね」

「うん、おやすみ」

ローレンスが手配したタクシーに乗り込んで、智幸が笑顔を浮かべて手を振る。

タクシーが見えなくなるまで、和は門の前に立って見送った。

恋人を家族に紹介するという一大事を終えて、ふうっと大きく息を吐く。恋人といっても偽装で、智幸がローレンスに憧れの眼差《まなざ》しを向けるたびに冷や汗が出たが……。

（でもまあ、ローレンスは気づいてなかったみたいだし）

会食は和やかな雰囲気のうちに終えることができた。智幸も寿司が好きだと聞いていたので、夕食は家主の寺本《てらもと》に教えてもらった寿司屋から出前を取った。そこから世界各国の寿司事情の話題になり、智幸がアメリカで食べたという珍妙な取り合わせの寿司に皆で大笑いし……最初は緊張していた智幸も、食事を終える頃にはすっかりリラックスしていた。

「名残惜しいのはわかるが、早く家に入れ。戸締まりするぞ」

ローレンスの声に、どきりとして振り返る。

いつからそこに立っていたのか、ローレンスは門の柱に寄りかかって腕を組んでいた。

「今夜はありがとう。智幸も、すごく楽しかったって」

「それはよかった」

ローレンスの横をすり抜けて、和は家の中に入った。

偽装とはいえ、兄に恋人を紹介したというシチュエーションはどうにも照れくさくて居たたまれない。

「後片付けは俺がやるから、ローレンス先にお風呂どうぞ」

早口で言って台所へ逃げようとすると、ふいに背後から腕を摑《つか》まれた。

「……っ⁉」

振り返ると、ローレンスの瞳が先ほどまでとはまったく違う色を湛《たた》えていた。

近すぎる距離に、キスされたときの記憶がよみがえってかあっと頬が熱くなる。

「おまえ、彼とはまだプラトニックな関係なんだな」

ローレンスの口から飛び出した言葉に、和は大きく目を見開いた。

「は？　何をいきなり……っ」

思いがけない指摘に狼狽《うろた》え、摑まれた腕を強く振る。

「ごまかしたって無駄だ」

「ごまかすも何も、そんな失礼な質問に答える義理はない」

「これは質問じゃない。おまえたちふたりを見ていて感じたことを述べたまでだ」

大きく肩で息をして、和は素早く頭の中を整理した。

（落ち着け。つき合ってること自体が嘘だとばれたわけじゃない）

毅然《きぜん》と顔を上げ、ローレンスの目を正面から見据える。

「勝手に決めつけないでよ」

「決めつけるも何も、事実だ」

「なんでそんな自信満々に言い切れるの？」

「おまえのことは子供の頃からよく知ってる」

「………」

意外な気持ちで、和は目を瞬かせた。

ローレンスの口からそんな言葉が出てくるとは思わなかった。

ローレンスがすっと目を細め……いつもの意地の悪い笑みを浮かべる。

「どういう意味だかわかるか？　俺はおまえが性に目覚めたときのことも知ってる。あれからおまえは全然変わっていない。まだセックスを経験していないのは一目瞭然だ」

「……っ！」

言い返すこともできずに、和は真っ赤になって立ち尽くした。

心臓の音が、耳元でやかましいほど鳴り響いている。

どうしてわかってしまうのだろう。ローレンスの目には、自分はそんなに子供っぽく映っているのだろうか。

「彼のことを想って体が疼《うず》いたりしないのか？」

「な……っ、そういう下品なこと言うな！」

「下品じゃないさ。恋人同士なら、心だけじゃなく体も欲しくなるものだろう？」

「お、俺たち、まだつきあい始めたばかりだし……っ」

だんだん言葉が尻窄《しりすぼ》みになってしまう。

奥手な和にとって、セックスに関する話題はただでさえ苦手で避けたい分野だ。その上ローレンスに初めての精通のときのことを蒸し返されて、恥ずかしくて消え入りたくなってしまう。

真っ赤になって震える和を見下ろすローレンスの目に、剣呑《けんのん》な光が浮かぶ。

そして摑んでいた和の腕をぐいと引き寄せ……。

「ひあ……っ」

厚い胸板に抱き寄せられて、和は情けない悲鳴を上げた。

何を思ったのか、ローレンスが和の細い体を力任せに抱き締めてくる。

「ちょ、ちょっと、離してよ！」

「……では質問を変えよう。何を想像しながらしてる？」

「ええっ？」

ローレンスの腕の中でもがきながら、和は問われた意味がわからなくて目をぱちくりさせた。

「マスターベーションするとき、誰を思い浮かべてるんだ？」

一語一語区切るように、ローレンスが質問をくり返す。

あからさまな言葉に、体中の血が沸騰する。

兄弟と言えど、これは許し難い質問だ。怒りが込み上げ、「馬鹿！　変態！　ろくでなし！」と思いつく限りの悪態を喚《わめ》き散らす。

しかしますます強く抱き締められて、悪態をつく唇はローレンスの逞《たくま》しい胸に押し潰《つぶ》されてしまった。

「俺とキスしたとき、感じてただろう。あれを思い出しながらしたことは？」

「してない！」

ローレンスが最後まで言い終わる前に、強い口調で遮る。

「嘘だな」

「してないってば！　もう放せ……っ！」

目に涙を浮かべながら、和は必死でもがいた。

――キスされたときに体に起きた変化を、ローレンスに気づかれていた。

あの夜、寝室に戻って鍵をかけ、和は欲情した体を自らの手で慰めた。

そのことも多分ローレンスは勘づいている。

恥ずかしくて死んでしまいそうだ……。

「ん……っ」

大きな手で背中を撫で下ろされて、くぐもった呻《うめ》き声が漏れてしまう。理性を保とうとする心を裏切って、ローレンスの腕の中で和の若い体は不埒《ふらち》な熱を帯び始めていた。

「どうした？　思い出して感じたか？」

ローレンスの低い声が、密着した体から直《じか》に伝わってくる。

その官能的な響きに、和はますます体が高ぶるのを感じた。

「い、嫌だ、お願いだからもう放して……っ」

先ほどまでの威勢は、もう微塵《みじん》も残っていなかった。

早くローレンスの腕から逃れないと、取り返しのつかない事態に陥ってしまう。

しかしローレンスは和の懇願を無視し、大きな手を腰から脇腹、そして胸へと無遠慮に這《は》い上がらせ……。

「ひああ……っ！」

突然訪れた強い刺激に、和はびくりと背筋を震わせた。

「こんなところが硬くなってる」

笑いを含んだ声で囁いて、ローレンスがシャツの上から和の胸をまさぐる。

いつのまにか、乳首が硬く凝っていた。ローレンスの手のひらに引っかかり、それがむず痒《がゆ》いような快感となって全身に広がってゆく。

「……やめて……っ」

無意識に内股を擦り寄せながら、和はローレンスの悪戯《いたずら》から逃れようと弱々しくもがいた。

硬くなっているのは乳首だけではない。ズボンの下で、ペニスが痛いほど張り詰めている。

「ひあ……っ」

親指の腹で肉粒を強く押された途端、かくんと全身の力が抜けた。同時にじわっと先走りの露が漏れ、はしたなく下着を濡らす。

「……ん……っ」

膝《ひざ》からくずおれるようにその場にうずくまり、和は先走りを食い止めようと股間を押さえた。

チノパンの布地を通して自身の硬く勃起した感触が伝わってきて、ローレンスの前でこんな状態になってしまったことにひどく動揺する。

「大丈夫か？」

ローレンスも屈《かが》んで和の肩を抱き寄せる。

その声には、和の状態を知っていて面白がっているような響きがあった。

——またからかわれている。

きっぱり突っぱねたいのに、体が高ぶっているせいで強気に出られない。

「……ほんとにもうやめて、やばいから……っ」

長い睫毛《まつげ》を伏せて、和は唇を震わせた。

官能の疼きに必死に耐える和の姿に、ローレンスの目がすっと細められる。

「何がどうやばいのか説明してみろ」

この期《ご》に及んでまだ意地悪なことを言いながら、ローレンスは和のシャツの前立てを摑んだ。

「や……っ」

大きな手が毟《むし》り取るようにボタンを外し、無遠慮にシャツの内側に侵入する。

ローレンスらしからぬ乱暴で性急な手つきに、和は怯《おび》えて身をよじった。しかし抵抗むなしく、平らな胸が外気に晒《さら》されてしまう。

和の胸を見下ろして、ローレンスが低く呻いた。

「なんなんだいったい……どうしてこんな……」

顔をしかめ、悪態をくり返す。白くなめらかな肌に淡い桜色の乳首がぽつんと浮かんで震えるさまは、なぜかひどくローレンスの気に障ったらしかった。

「放して……っ」

急に悲しくなって、和は涙声で訴えた。

どうしてローレンスを怒らせてしまったのか、さっぱりわからない。勝手にボタンを外された上に悪態までつかれるなんて、もう泣きたい気分だ。

「ひ……っ」

力を振り絞ってローレンスの肩を押しやろうとすると、逆に手首を摑まれて床にねじ伏せられてしまう。

上からのしかかってきたローレンスを見て、和は息を呑んだ。

灰色の瞳を爛々《らんらん》と光らせ、獲物を前にした獣のように息を荒げ……和の知らない貌《かお》で、欲情を滾《たぎ》らせている——。

「ああ……っ」

尖った肉粒にむしゃぶりつかれた瞬間、限界が訪れた。背筋がびくびくと震えて、下着の中に熱い飛沫が弾《はじ》ける。

「……あ……あ……っ」

射精している間にも、熱い舌は執拗に乳首をなぶり続けた。正気をなくして、初めて味わう快感に淫《みだ》らに喘《あえ》ぐ。

気持ちよくてたまらない。もっと強く吸って欲しくて、和は無意識に胸を反らせて乳首をローレンスの唇に押しつけた。

乳首を咥《くわ》えたまま、ローレンスがくすりと笑う気配がする。

「もういったのか」

いつものからかうような口調だった。

はっと我に返って見上げると、先ほどまでの切羽詰まった表情はどこへやら、余裕の笑みを湛えたローレンスと視線がぶつかる。

「ズボン、汚しちまったな」

ローレンスに言われて、慌てて和は起き上がってシャツの裾《すそ》を引っ張った。

——ベージュのチノパンの前に、白濁が少しにじみ出ている。

下着を汚したことを知られただけでも恥ずかしくて死にそうなのに、ズボンまで汚したところを見られてしまうなんて――。

「……っ！」

立ち上がったローレンスに髪を撫でられ、うなじの辺りがちりちりと粟立《あわだ》つ。

「気にするな。恋人には黙っておいてやるよ」

憎たらしいセリフにとっさに言い返すこともできずに、和は真っ赤になって俯いた。

8

――月曜日の一限目。教室の片隅で、和は苛立《いらだ》つ気持ちを抑えようと大きく息を吐いた。

（なんだよもう……なんなんだよもう！）

振り払っても振り払っても、金曜日の夜の出来事が生々しくよみがえってくる。講師の話に耳を傾けているふりをしているが、心の中はローレンスへの呪詛《じゅそ》ではちきれんばかりだった。

何より腹立たしいのは、ローレンスにいとも簡単に追い上げられ、恥ずかしい失態を晒してしまった自分だ。思い出すだけで顔から火が出そうになり、自分に恥をかかせたローレンスへの怒りもふつふつと込み上げてくる。

（普通あんなことするか？　しないよな？）

ローレンスに妙な真似をさせないために、わざわざ偽の恋人を仕立て上げて紹介したというのに。だいたいローレンスには、恋人のいる相手にちょっかいを出してはいけないという考えはないのだろうか。

（前から思ってたけど、ローレンスって節操とか倫理観とか欠落してるんじゃない？）

机に頬杖《ほおづえ》をついた和の眉間《みけん》に、深い皺《しわ》が寄っていく。

ローレンスにとっては軽い悪戯のようなものなのかもしれないが、奥手で生真面目《きまじめ》な和には許し難い行為だ。

（……いつもあんなふうに軽々しく手を出してるんだろうか）

ローレンスの歴代の恋人たちの顔が次々浮かんでは消えていく。

本人も認めていたように、どの相手とも真剣なつき合いではなかったようだが……。

「今日の講義の要点はここです。ぼんやりしてる人も、ここはちゃんとノート取ってくださいよ」

講師が学生の注意を引くように大きな声を出したので、はっと我に返る。顔を上げて黒板を見るが、話を聞いていなかったのでちんぷんかんぷんだ。

（いけない。今は授業に集中しないと）

慌ててノートを広げて板書を書き写す。

一通り書き写したところで、講義時間の終了を告げるベルが鳴った。テキストやノートをバッグにしまいながら、ため息をつく。

まったく、本末転倒もいいところだ。ローレンスやアンドリューと距離を置くために留学したのに、当の本人に引っかきまわされてる。

――あの一件があった次の日の朝、ローレンスと顔を合わせたくなくて、和はわざと寝坊した。

ローレンスは曜日に関係なく毎日朝食後に倉に〝出勤〟する。障子の陰で聞き耳を立て、家の中に人の気配がしないのを確認してからそっと寝室を出た。

しかし昼近くになってもローレンスは母屋に戻ってこなかった。冷蔵庫を開けようとした和は、ようやくそこに手書きのメモが貼《は》ってあることに気づいた。

〝仕事で何日か関西方面に行ってくる〟

たったそれだけだ。謝罪の言葉はもちろん、いつ帰ってくるのかもはっきり書いていなかった。

(まあいざとなれば携帯電話にかければ済むことだけど……それにしたってあのメモ、素《そ》っ気《け》なさすぎるんじゃない?)

一言〝ゆうべは悪かった〟とでも書いておいてくれたら、もう少し穏やかな気持ちで週末を過ごすことができたのに……。

バッグを肩に掛けて教室を出ると、同じ階の別の教室で授業を受けていた智幸と廊下で鉢合わせした。

「和! おはよう」

「あ、おはよ……あの、金曜日はありがと」

智幸の顔を見た途端、智幸が帰ったあとの出来事がセットでよみがえって気恥ずかしくなり、和は視線を泳がせてもごもごと呟いた。

「こっちこそありがと。すごい楽しかったよ。お兄さん、僕たちのこと信じてた？」

「うん、それは大丈夫」

体の関係がないことは見抜かれたが、それは黙っておくことにする。

「家に帰ってから気づいたんだけど、お兄さんとツーショットで写真撮っとけばよかったー」

「ああ……そういえば写真撮ってなかったね」

思いがけず話が弾んだので、すっかり忘れていた。

「ほんとすごくかっこよかった……。なのに和がローレンスじゃなくて上のお兄さんのほうが好きだったなんて信じられない」

「いやいや、アンドリューだってすごいかっこいいよ」

歩きながらバッグからスマホを取り出し、家族で撮った写真を選んで智幸に見せる。

「おおっ、ほんとだ！　すごい美形！」

スマホの画面を覗《のぞ》き込み、智幸が感心したように頷く。

「だろ？　初めて会ったとき、お伽話《とぎばなし》の王子さまみたいで感動しちゃった。ほら、これなんかすごくいいだろ」

次々写真をスクロールして、乗馬服姿のアンドリューを見せる。

「うん……確かに上のお兄さんは王子さまタイプだね。でも僕はワイルドでセクシーなローレンスのほうがタイプだなあ」

智幸のセリフに、和は目をぱちくりさせた。

ワイルドはともかく、セクシーという形容に狼狽えてしまう。

確かにローレンスは、男性ならではの性的魅力をたっぷりと備えている。今まで考えないようにしていたが、ローレンスが漂わせている濃厚なフェロモンに搦《から》め捕《と》られそうになったこともあるわけで……。

（……うわ、今思い出すな……っ）

かあっと頰が熱くなるのを感じて、和は俯いた。

強引に抱き寄せる力強い腕、シャツのボタンを外す乱暴な手つき……熱い舌に口の中をまさぐられたときの感触がよみがえり、体温がじわじわ上昇してゆく。

「おっと、僕次の授業三号館なんだ。またランチのときに見せて」

「あ、ああ……」

幸い写真を見るのに夢中だった智幸には、顔が赤くなったことを気づかれずに済んだようだ。階段を駆け下りてゆく智幸の後ろ姿を見送りながら、和はどきどきしている心臓をそっと押さえた。

「……っ」

しかしそれは逆効果だった。

手のひらがパーカー越しにつんと尖《とが》った乳首に当たり、その感触にぎくりとする。

不用意に触れてしまった乳首がむずむずと疼き、それが官能に結びつきそうになって、慌てて手を離す。

（……ローレンスが変なことするから……っ）

近くの無人の教室に入ってドアを閉め、和は呼吸を整えようと喘《あえ》いだ。こんなところで体を高ぶらせるわけにはいかない。

——実を言うと、金曜日の夜の一件から何度も体が疼いている。

けれどローレンスの手を思い出しながら自分を慰めるのはどうしても抵抗があって、なんとか我慢してやり過ごしてきた。

（……これはローレンスがどうとかじゃなくて、単に溜《た》まってるだけだ。同居し始めてからあんまりできなくなったし……）

和も健康な若い男性なので、それなりに性欲はある。寮住まいのときは二、三日おきに処理していたが、同居してからはひどく気を遣うようになった。

イギリスの邸宅と違い、寝室と廊下を隔てているのは障子一枚だ。もちろん鍵などないし、ほんのちょっとした気配もローレンスに勘づかれてしまいそうで、どうにもその気になれなくて……。

ふいに授業開始を告げるベルが鳴り響き、和はびくっと体を竦《すく》ませた。驚いて我に返り、高ぶりかけていた熱がすっと冷めていく。

（まずい、次の授業は遅刻厳禁だ……っ）

慌ててバッグを摑み、和は廊下の端の教室に向かって走った。


授業のあと図書館で勉強し、学食で夕食をとって帰宅したのは午後九時をまわった頃だった。坂道を上ってきた和は、木々の合間から見える竹声庵に明かりが点《つ》いているのを見てぎょっとした。

（え、ローレンス、帰ってきたんだ……）

帰る前に何か連絡があるだろうと思っていたので、不意打ちに動揺してしまう。

あれ以来、顔を合わせるのは初めてだ。しばし門の前で立ち尽くし、開口一番なんと言うべきか考えを巡らせる。

（……こっちから何か言って墓穴を掘るより、まずはローレンスの出方を見たほうがいいな）

そう結論を出して、和は門をくぐった。外灯に照らされた石畳を歩き、深呼吸して気持ちを落ち着かせてから引き戸の鍵を開ける。

「……ただいま……」

ぼそっと呟くが、返事はなかった。三和土《たたき》にローレンスの革靴が揃《そろ》えてあるので、帰宅していることは確かだ。

（倉にいるのかな……。もう晩ご飯食べたんだろうか。一昨日《おととい》作ったカレーが冷蔵庫にまだ少し残ってたはず……）

ローレンスの食事の心配までしてしまった自分にむっとして、唇がへの字に曲がる。向こうから何か言ってくるまで、こちらからは何も言うまい。そう決めて、和はまっすぐ自分の部屋へ向かった。

廊下を歩きながら、さりげなくローレンスが寝室にしている部屋の様子を窺う。障子は開け放たれており、中は真っ暗だった。

（やっぱり倉にいるのかな。ローレンスが戻ってくる前に風呂に入って寝てしまおう）

足早に通り過ぎて、自分の寝室の障子を開ける。急いで着替えの用意をして部屋を出たところで、風呂場のほうから聞こえてきた物音にぎくりとして立ち止まる。

（ローレンス……？）

おそるおそる、和は廊下の先を窺った。足音を忍ばせて風呂場の扉に近づくと、まるで見計らったようにがらりと扉が開いた。

「うわあ……っ！」

突然現れたローレンスに驚愕《きょうがく》し、和はくるりと背を向けた。

思わず素《す》っ頓狂《とんきょう》な声が出てしまったのも無理はない。

風呂上がりのローレンスは素っ裸で、前を隠しもせずに出てきたのだ――。

「帰ってたのか」

のんびりとした口調で、ローレンスが問いかける。弟に裸を見られたというのに、まったく動じていない様子だ。

「いっ、今帰ったとこ！」

「俺もさっき帰ったところだ。おい待てよ。もう晩飯食ったか？」

「ひああっ！」

逃げようとしたところを後ろから肩を掴まれて、情けない悲鳴を上げてしまう。

「何も逃げなくたっていいだろう」

「は、裸で出てくるなよ！」

「ああ……誰もいないと思って、つい」

濡れた大きな手が離れ、ローレンスが服を取りに風呂場に戻る気配がする。

その場に立ち竦んで、和は浅い呼吸をくり返した。

まだ目の前にローレンスの裸がちらついている。見たのは一瞬だったが、男らしく逞しい体はあまりにも強烈で……。

「耳が真っ赤だ」

「ええっ⁉　うわあっ！」

振り向いた和は、目を剝《む》いて叫んだ。ローレンスは腰にタオルを巻いただけで、まだ裸同然の格好だったのだ。

「早く何か着ろ！」

「そんなに大袈裟な反応をされるとは思わなかったな。もしかして、男の裸を見るのは初めてか？」

「俺だって男だよ！　そういうことじゃなくて、行儀が悪いって言ってるんだよ！」

ローレンスに背を向けて、早口でまくし立てる。

思い返してみると、最後にローレンスの裸を見たのは十代の頃で、それも着替え中の下着姿程度だった。大人になってからは別々に暮らしていたこともあって、上半身の裸ですら見る機会はなかった。

（ローレンスって着やせする質《たち》だったのか……いやいや今はそんなことどうでもいい！）

開口一番なんと言うべきかあんなにいろいろ悩んでいたのに、すっかり吹き飛んでしまった。気まずい空気になるよりはましだったかもしれないが……。

「お望み通り、ちゃんと着たぞ」

「…………」

ちらりと振り返り、ローレンスがバスローブ代わりの浴衣《ゆかた》を羽織っていることを確認する。

着付けがいい加減で胸がはだけ気味だが、それを指摘してもまたからかわれるだけなので黙って目をそらす。

「で、晩飯は食ったのか?」

普段とまったく変わらない様子で、ローレンスが尋ねた。

「……ああ」

「俺はまだなんだ。何かあるか?」

「……冷蔵庫に、一昨日作ったチキンカレーの残りが少し」

「じゃあそれをいただこう」

「……ご飯は電気釜に残ってるの全部食べていいから」

ぎこちない態度でそう言って、和はローレンスの横をすり抜けて風呂場に向かった。

(なんだよ……金曜の夜の件は一言もなしかよ)

釈然としない気持ちでパーカを脱ぎ、洗濯機の横のかごに放り込む。

ジーンズを脱ごうとベルトに手をかけるが、思い直して和はかごからパーカを拾い上げて着直した。

有耶無耶にしておくと、また同じことのくり返しになってしまう。気まずい思いを味わうことになるとしても、ここはきちんと決着をつけておかねばなるまい。

台所へ行くと、ちょうどローレンスがカレーを鍋に移して温めているところだった。

「ローレンス」

「ん？」

振り返ったローレンスと目が合う。

気持ちが怯みそうになるが、和は背筋を伸ばして用意しておいたセリフを口にした。

「今日学生課に行って、もう一度寮に入れてくれないか頼んでみた」

和の言葉に、ローレンスが面食らったように目を瞬かせる。何か言いかけて口を閉じ……ガスコンロの火を消してからこちらに向き直った。

「……それで？」

「断られた。こないだ自己都合で出て行ったばかりなのに、また入寮したいと言われても困るって」

「それはもっともな言い分だ」

「…………」

なぜこの家を出て行きたがっているのか、ローレンスは訊こうとしなかった。

言わなくても、お互い充分すぎるくらいにわかっている。

けれど敢えて口にしなければ、話はここで終わってしまう。

「あのさ……」

意を決して口を開くと、ローレンスが大袈裟にため息をつきながら手で制した。

「おまえの言いたいことはわかってる。金曜の夜の一件のことだろう？」

「………ああ」

灰色の瞳が、じっと和を見下ろす。

相変わらず感情の読めない色だ。謝ろうとしているのか、それとも茶化そうとしているのか……。

和をじっと見下ろしていたローレンスが、ふと表情をやわらげた。

「心配するな。取って食ったりしないさ」

「俺が言いたいのは、そういうことじゃなくて……っ」

「わかってる。おまえに出て行かれると俺も困る」

ローレンスの言葉に、和は首を傾げた。

家の賃貸契約のときはともかく、日常生活でローレンスが通訳を必要とする場面はほとんどない。日本での仕事相手は皆それなりに英語ができるようだし、地方の作家を訪ねる旅もローレンスひとりでこなしている。

自分の手料理が特別美味しいとも思わないし、自分がいなくなってローレンスが困るとは思えない。

これはローレンスなりの謝罪の言葉なのだろうか……。

「……もしかして、謝ってるつもり？」

「さあ、どうだろうな」

「ローレンス！」

ふざけた返事に和が眦《まなじり》をつり上げると、ローレンスが唇を歪《ゆが》めて人の悪そうな笑みを浮かべた。

「まあ終わったことは気にするな。俺もおまえが恥ずかしい粗相をしてズボンを濡らした件は忘れてやるよ」

「な、な……っ」

瞬時に真っ赤になって、和は口をぱくぱくさせた。反論したいのに、頭が沸騰して言葉が出てこない。

和が狼狽《ろうばい》するさまを見て、ローレンスが声を立てて笑う。

「……もういい！」

くるりと踵を返し、和は廊下を踏み鳴らしながら風呂場へ向かった。

9

「うわあ……夕焼けが綺麗」

竹声庵の手前の坂道で立ち止まり、和は思わず独りごちた。竹林の向こうに沈みかけている夕陽が西の空を茜色《あかねいろ》に染め、絶妙なグラデーションを見せている。

十月も半ばになり、ここに来た頃に比べるとずいぶんと日没が早くなった。あんなに蒸し暑かったのが嘘のように、朝晩の気温も低くなっている。

（そろそろ冬物のコートを調達しておかないとな……）

ぶるっと肩を震わせ、ジャケットのポケットに手を突っ込んで坂道を上る。門の脇に取り付けられた郵便受けを覗くと、数通の封書に交じって絵葉書が一枚届いていた。

（アンドリューだ！）

絵葉書は香港の夜景だった。メール全盛の時代だが、アンドリューは仕事で海外に行くと必ず和に絵葉書を送ってくれる。子供だった和を喜ばせようと送ってくれたのが始まりで、今ではすっかり習慣になっている。

自然と笑顔になり、和はさっそくその場で絵葉書を読んだ。

仕事で香港に一週間滞在したこと、日本にも立ち寄りたかったが時間が取れなかったこと、和とローレンスの日本滞在中に一度は訪ねたいと思っていること、そして休暇中のレベッカも一緒に来て、ふたりで夜景を楽しんだこと……。

ほんの少しだけ、胸がざわめく。

絵葉書から顔を上げて、和は門の引き戸を開けた。

（まったく気にならないと言えば嘘になるけど……これは大好きな義兄が他人のものになってしまった感傷かな）

失恋してしまったが、アンドリューへの好意が消えたわけではない。

けれどその好意は、恋慕から穏やかな家族愛へと確実に変化しつつある。留学期間を終えてロンドンに戻る頃には、アンドリューとレベッカを心から祝福できるようになっていることだろう。

「ただいま」

玄関には明かりが点いていたが、返事はなかった。

（まだ倉にいるのかな）

たいして気にも留めず、和は郵便物をまとめて靴箱の上に置いて洗面所へ向かった。

手を洗ってうがいをし、鏡に映った自分の顔を見てふうっとため息をつく。

――玄関先での恥ずかしい一件からそろそろ二週間。

その後は特に何もなく、そしてお互い何もなかったように――少なくとも表面上は――平穏に過ごしている。

（……このところローレンスも忙しいみたいで、あんまり顔合わせてないけど）

あのときはローレンスのふざけた態度に怒りを覚えたが、ああいうふうに冗談めかしてくれたおかげで気まずくならずに済んでいるのかもしれない。

ローレンスはどう思っているのか知らないが、和のほうはローレンスとふたりきりになると意識してしまい、少々緊張しているのだが……。

「…………」

鏡に映った顔が、ほんのりと上気する。あのときのローレンスの手の感触を思い出しそうになり、慌てて和は不埒な熱の気配を振り払った。

部屋に戻って着替え、夕飯の支度をしに台所へ向かう。

廊下を歩いていると、ふいに携帯電話の着信音が聞こえてきた。

（この音は……ローレンスの電話だな）

案の定、ダイニングルームの卓袱台の上でローレンスのスマートフォンが鳴っていた。

「ローレンス！　電話鳴ってるよ！」

大声で呼びかけるが、返事はない。電話は十コールほどで鳴り止《や》み、再びしんと静まり返る。

（ええと……材料が揃ってるから、今夜は寄せ鍋にしようかな）

冷蔵庫の中身を見て、和は今夜のメニューを決めた。

外食やテイクアウトに飽きてきたので、このところ自炊することが多い。少しずつレパートリーも増えて、今や和の料理の腕はなかなかのものだ。

シャツの袖をまくって米をといでいると、また卓袱台の上で電話が鳴り始めた。

（……ま、いっか。用があるならまたかけてくるだろ）

そう思って無視していたが、といだ米を電気釜をセットしたところでまたもや着信音が鳴り始め、少し心配になってきた。

（急ぎの用事なのかも）

ローレンスのスマホを手にして、裏庭に出て倉の方向を見やる。

てっきり倉にいるのだろうと思っていたが、倉の明かりは消えていた。胸に不安な気持ちがよぎり、サンダルに足を突っ込む。

（まさか倒れてるなんてことはないよな……？）

外はすっかり暮れて、空には月が輝いていた。

どうやら今宵《こよい》は満月のようだ。懐中電灯を持ってくるのを忘れたが、月明かりが足元を明るく照らしてくれるので難なく歩き進めることができる。

倉に続く緩やかな坂道にさしかかると、ざわざわと竹林が鳴る音が聞こえてきた。

（あ……竹が鳴ってる）

寺本が言っていたように、竹がぶつかり合って独特の音を奏でている。風の強い日は一晩中鳴っていることもあり、初めて耳にしたときはなかなか寝つくことができなかったが、いつのまにかすっかり慣れてしまった。

（いつも家の中で聞いてるけど、こうして竹林のそばで聞くと風情があるな）

立ち止まって竹がしなる様子を見上げていると、ふいに近くの藪《やぶ》で物音がして、和はぎくりとした。

誰かが落ち葉を踏みしめているような音だ。動物か、それとも侵入者か――。

「――和？」

竹林の中にいたのはローレンスだった。

「もう……びっくりさせないでよ。こんなところで何してるの？」

身構えていた和は、ほっと肩の力を抜いて言った。

「月明かりと竹の音に誘われて、日本の侘《わ》び寂《さ》びを堪能していたところだ。おまえは？」

「これ、何度も鳴ってたから急用かと思って」

小径から竹林の中に分け入って、手にしていたスマートフォンを差し出す。

受け取って着信履歴を確認したローレンスが、「ああ、これは別に急ぎじゃない」と言って電源を切り、無造作に上着のポケットに突っ込む。

「仕事、まだ終わってないの？」

「終わって家に戻ろうとしていたところだ」

「そう……」

月明かりの竹林は、やけに幻想的だった。この非現実的な空間で目の前にローレンスが立っていることが、なぜかひどく気持ちをかき乱す。

「……先に戻ってるよ」

「まあ待て。せっかくだからもう少し竹の音を楽しもう」

竹がかたかたと鳴る音、木々のざわめき、そして皓々《こうこう》と輝く月——確かに今立ち去るのは惜しいような光景だ。

しばし無言で、竹林が揺れるさまを眺める。

（なんか変な感じだな……）

ローレンスとふたりきりでいることを強く意識して、和は体を硬くした。

家でもしょっちゅうふたりきりだが、家の中よりも距離が近く感じる。

ふいに視界が暗くなり、辺りが闇に包まれた。流れてきた雲が月を覆い隠してしまったらしい。

「ローレンス……そろそろ帰ろうよ」

心細くなって、和は暗闇の中にいるローレンスに話しかけた。

「ああ」

低くてなめらかな声が、やけに色っぽく響く。

「ひゃ……っ！」

突然誰かに——もちろんローレンスだが——手を摑まれて、和は驚いて声を上げた。

「ちょっと！　驚かさないでよ！」

「今のおまえのセリフで急に思い出したんだ。覚えてるか？　夏に家族でピクニックに行ったとき、おまえが森の中ではぐれて迷子になったときのこと。俺が見つけたら、べそかきながらしがみついてきたよな」

和の手をしっかりと握り締めたまま、ローレンスが懐かしい思い出を口にする。

「……覚えてる。放してよ」

頰を赤らめて、和はローレンスの手を振りほどこうと後ずさった。

「なんだ、つれないな。あのときは俺の手を握って放さなかったくせに」

ローレンスが可笑《おか》しそうに笑い、繫《つな》いだ手から振動が伝わってくる。

「あれは七つか八つのときのことだし、今は迷子になってないし……うわっ！」

言いながらもう一歩後ずさったところで、和は地面の窪《くぼ》みに足を取られてよろめいた。

「ほら、危ないぞ。気をつけろ」

子供に言い聞かせるように言って、ローレンスが転びかけた和の体をしっかりと抱き支える。

ローレンスが愛用しているコロンとローレンス自身の匂いが混じり合って、ふわりと漂ってくる。暗闇にいるせいか、やけに嗅覚《きゅうかく》が敏感になっていた。

「……か、懐中電灯とか持ってないの？」

心臓がどきどきしていることをローレンスに気づかれたくなくて、和はわざと軽い調子で尋ねた。一刻も早くローレンスの腕から逃れたいが、辺りは真っ暗で足元が覚束《おぼつか》ない。

「いや。でももうすぐ雲が動いて月が照らしてくれる」

「…………」

月明かりが差す前に、早くローレンスから離れたい。

そうしないと、顔が赤くなっていることがばれてしまう……。

「なかなか雲がどいてくれないな。寒くなってきたし、そろそろ戻るか」

言いながらローレンスが、和の体から手を離す。

「うん……」

ほっとしたような名残惜しいような気持ちで、和はわずかな月明かりを頼りに体勢を立て直した。ローレンスのあとに続いて、そろりそろりと竹林から小径に出る。

小径で立ち止まって和を待っていたローレンスが、「ほら」と右手を差し出した。

「……何？」

怪訝《けげん》そうにローレンスの顔を見上げると、ローレンスが口元に笑みを浮かべる。

「今度は家まで手を繋いでいってやるよ」

「ええっ？」

「覚えてないか？　森で迷子になったとき、おまえは森を出るまでずっと手を繋ぎたがってた」

「だから、あれは子供のときのことで……っ」

「だけど俺は、素っ気なく突き放しちまったんだよな」

「…………」

「あの頃は俺もまだガキで、突然できた弟のことをどう扱っていいかわからなくて戸惑ってた。あとになって、あのときちゃんと手を繋いでいてやればよかったと後悔した」

雲間から月が現れて、ローレンスの顔を照らす。

いつものからかうような笑みは浮かべていない。生真面目な……そして幾分ぎこちない表情だ。

灰色の瞳に引き寄せられるように、和はおずおずと手を差し出した。

「……っ」

ぎゅっと握り締められて、思わずびくっと肩を竦ませる。けれど繋いだ手からは穏やかな温《ぬく》もりが伝わってきて、胸がじんわりと熱くなってゆく。

「こういうのもなかなか悪くないな。中学生のデートみたいで」

「は？　何言ってるんだよ」

「彼氏には内緒にしておかないとな」

「別に……ローレンスの思い出の修復につき合ってやってるだけだし」

母屋まで道のりは、あっという間だった。裏庭に足を踏み入れた途端夢から覚めたような気分になって、そっとローレンスの手から逃れる。

「今夜は寄せ鍋でいい？」

わざと現実的な言葉を口にして、和は胸を疼かせている切ないような感情を振り払った。

10

卓袱台に置いたマグカップから、白い湯気が立ちのぼっている。

ぼんやりと宙を見つめて、和はため息をついた。

（なんか俺たち……妙な方向に行ってない？）

ゆうべの竹林での一件を思い返し、眉間に皺を寄せる。思い出すだけで照れくさくて、地団駄を踏みたくなるような気分だ。

どうして差し出されたローレンスの手を握ってしまったのだろう。

まったく、頭がどうかしていたとしか思えない。

（ローレンスが……中学生のデートみたいだとか、変なこと言うし）

ぐしゃぐしゃと髪をかきまわし、もう一度ため息をつく。

ほんの短い時間だったのに、ローレンスと手を繋いでいた時間の記憶はやけに濃密で、あれからずっと和の頭の中を占領している。

気のせいかもしれないが、あのとき自分とローレンスの間に兄弟以上の親密な……恋愛めいた空気が漂っていたような……。

（……いやいや、そんなことあるわけない。ローレンスが俺のこと、そんなふうに思ってるわけないし）

慌てて妙な考えを振り払い、和は姿勢を正して座り直した。

ローレンスは、単に兄弟としての絆《きずな》を深めようとしただけだ。それ以上のことがあるわけがない。

気を取り直して、マグカップを手に取って紅茶を流し込む。いつのまにか紅茶はすっかりぬるくなっていた。

（そろそろ学校へ行かないと……）

時計を見て気持ちは焦《あせ》るが、体が動かなかった。

マグカップを弄《もてあそ》びながら物思いに耽っていると、ふいに門の呼び鈴が鳴った。

（宅配便かな）

多分ローレンスがちょくちょく利用している国際メール便の配達だろう。この家にはインターホンなどという便利なものはついていないので、玄関でサンダルをつっかけて門へ急ぐ。

「お待たせしました……」

門の前に立っていた訪問者を見上げ、和は目を瞬かせた。

明るい茶色の髪、深い緑色の瞳——スーツ姿の外国人の青年が、にこやかな表情を浮かべて和を見下ろしている。

「こちらはウェントワースさんのお宅ですよね？」

綺麗なイギリス英語で、彼は丁寧《ていねい》に尋ねた。

「はい……どちらさまでしょうか」

青年の美貌と洗練された物腰に気圧《きお》されて、声が上擦ってしまう。

「バンクスです。マシュー・バンクス。ローレンスのアシスタントをしています」

マシューと名乗った青年を、和はまじまじと見つめた。

（アシスタントって、ロンドンのギャラリーの……？）

何度か会ったことがあるが、アシスタントは眼鏡をかけた三十がらみの女性だったはずだ。

「ああ、お会いするのは初めてですよね。僕は三ヶ月ほど前から勤めてるんです。ジャネットが産休に入ったので、その代わりに。あなたがローレンスの弟さん？」

にっこりと笑って、マシューが右手を差す出す。

「ええ……弟の和です。初めまして」

不躾《ぶしつけ》に見つめていたことに気づき、慌てて笑顔を作って握手に応じる。

「えっと……ローレンスを呼んできます。どうぞ中へ……」

マシューを竹声庵に招き入れようとしたところで、玄関の引き戸が開いてローレンスが現れた。出かけるところだったらしく、きちんとスーツを着て車のキーとブリーフケースを持っている。

「なんだ和、まだいたのか。今日は二限からだろう？」

小走りに駆け寄ってきた和を見下ろして、ローレンスが唇に笑みを浮かべる。

いつもの意地悪そうな笑い方ではなく、親しみを込めた表情だ。昨日の竹林での一件が関係しているような気がして、和は狼狽えて立ち尽くした。

「ちょうど俺もこれから出かけるんだ。ついでに大学まで車で送ってやるよ」

「……いやあの、ローレンスにお客さまが……」

「おはようございます、ボス」

和の後ろから現れたマシューーを見て、ローレンスは軽く眉をそびやかした。

「もう着いたのか。ずいぶん早かったな」

「予定通りですよ。空港から電話したんですけど」

「ああ、あとでかけ直そうと思って忘れてた」

「多分そうだろうと思っていました」

肩を竦め、マシューーが苦笑する。

ふたりのやりとりに、和は心がざわめくのを感じた。

（ふうん……新しいアシスタントはローレンスにぽんぽん言い返せるタイプなんだ）

産休に入ったという前任者のジャネットは、あまり口数の多いほうではなかった。ローレンスに言われたことに黙って頷き、無駄口を叩くことなく仕事に専念していた。

いかにもビジネスライクな関係だったジャネットと違い、マシューとローレンスは気心の知れた間柄という印象で……。

（……だからなんなんだ）

そんなことを気にする自分に苛立ち、唇をへの字に曲げる。

「荷物はどうした？」

「駅前のホテルにチェックインして置いてきました」

「ああ、伝えるのを忘れていた。日本滞在中はうちに泊まれ。部屋は空いている」

ローレンスの言葉に、和は目を見開いた。

そんな話は聞いていない。確かに部屋は空いているが、来客を泊めるとなれば、それなりに準備も必要だ。

呆然《ぼうぜん》としていると、ローレンスが振り返った。

「構わないよな？」

「……もちろん。ちょっと失礼」

マシューに微笑《ほほえ》みかけてから、和はローレンスの上着の袖口を摑んで玄関の中へ引っ張った。

「聞いてないよ」

声を潜めながら、灰色の瞳を睨み上げる。

「ああ、言ってなかったな」

「なんで前もって言ってくれないの」

「今日来るとは知らなかった」

「そんないい加減な……布団とかどうするんだよ？」

「ベッドがある。布団も予備があっただろう」

ここに引っ越してきた当初、ローレンスは和室にベッドを置いて使っていた。しかし和が畳に布団を敷いて寝ているのを見て自分もやってみたくなったらしく、ベッドは空き部屋に追いやられている。

「マシューに気を遣う必要はない。滞在もせいぜい一週間程度だ」

「……………わかった」

反論しても無駄だ。諦《あきら》めて、和は頷いた。

「いい子だ」

にやりと笑って軽く和の肩を叩き、ローレンスがマシューのほうへ向き直る。

「これから人と会う約束があるんだ。せっかくだから一緒に来い」

「え、ちょっと、マシューは今日本に着いたばっかりだよ。時差とかもあるだろうし、少し家で休んでもらったら……」

ローレンスの無茶な提案に意見すると、マシューが笑みを浮かべながらやんわりと遮った。

「いいんだ。ボスのやり方には慣れてるから」

柔らかな笑みには、和にはない大人の余裕と寛容さがあった。余計な口出しをしてしまった自分が恥ずかしくなり、かあっと頬が熱くなる。

「急に来て驚かせてごめんね。ご迷惑なら僕はホテルに泊まるけど……」

「いえ、いいんです。ほんと、気にしないでください」

慌てて和は、笑顔を作って取り繕《つくろ》った。突然の来訪には驚いたが、できる限りのもてなしをしようと心に決める。

「というわけで、悪いがおまえを大学まで送っていく話はキャンセルだ」

和をちらりと見下ろして、ローレンスが素っ気なく言う。先ほど見せた親しげな表情は跡形もなかった。

「あ、うん……」

「晩飯は三人で外で食べよう。あとでまた電話する」

そう言って、ローレンスはマシューを促してガレージへ向かった。

ふたりの後ろ姿を見送り、小さくため息をつく。

もう二限には間に合いそうにない。午後から登校することにして、和は客間の掃除をすることにした。

「和！」

——四限の講義終了後。廊下に出ると、隣の教室から出てきた智幸が走り寄ってきた。

「来てたんだ。今日は休みかと思ってた」

「ああ……午前中の授業に間に合わなくて、午後から」

「珍しいね。寝坊？」

「いや、それが……」

智幸と肩を並べて階段を下りながら、突然ローレンスの部下がやって来たこと、しばらく彼が家に滞在することを手短に説明する。

「そっかあ……今日これから映画に誘おうと思ってたんだけど、お客さん来てるんじゃ無理だね」

「うん、ごめん。なんか三人で晩飯食うことになっちゃって」

肩を竦め、視線を床に落とす。

マシューの登場は、思っていた以上に和の気持ちを沈ませていた。

せっかくローレンスといい雰囲気になってきていたところだったのに……。

（いやいや、いい雰囲気っていうとちょっと変だな。そうじゃなくて、過去のわだかまりを水に流して、兄弟としての関係修復をはかっているところで……）

自分の考えに狼狽えて、慌てて頭の中で修正する。

教室棟を出ると、ひんやりとした秋風が吹きつけてきた。今夜は冷えるかもしれない。マシューのために、もう一枚ブランケットを出しておいたほうがよさそうだ。

歯ブラシの買い置きはあっただろうか……などと考えながら歩いていると、智幸が振り返って和の顔を覗き込んだ。

「じゃあさ、来週の土曜日は？」

「来週なら多分大丈夫かな。今夜はローレンスたちにつき合うけど、毎日一緒に食事しなきゃいけないってことはないだろうし」

そう答えると、智幸が辺りを見まわして声を潜めた。

「新宿でサークル合同のパーティーがあるんだけど、行かない？」

「……パーティー？」

つられて和も小声になる。

「そう。社会人のサークルが主催で、結構大勢来るらしいんだけど」

「ええと……それって……」

和が言葉を探しあぐねていると、智幸が少し照れたような笑みを浮かべた。

「そう、いわゆる合コン」

「…………」

目を瞬かせて、和は俯いた。

智幸に誘われて、和は大学生のサークルが主催する勉強会に何度か参加した。勉強会といっても堅苦しいものではなく、雑談も交えた楽しい集まりだ。主催者の方針によりナンパは御法度《ごはっと》で、そういうことを気にせずに参加できるのもありがたかった。

「……智幸、そういうの苦手って言ってなかったっけ」

「そうなんだけどさ……普通に生活してると、なかなか出会いってないじゃん。ほんとは合コンなんかじゃなくて、もっとドラマチックな出会いに憧れるんだけど」

ため息をつきながら、智幸がぼやく。

「ドラマチックか……。俺たちの場合、たとえドラマチックな出会いがあったとしても、相手が同類かどうかわかんないしね」

「そうそう、その点合コンなら相手もそうだとわかってるからいいかなと思って」

智幸の言葉に相槌《あいづち》を打ちながら、和は思案した。

ロンドンにもそういう場はあるし、情報としては知っていた。けれどずっとアンドリューに片想いしていたので、他の誰かを探そうと思ったことはなかった。

アンドリューへの想いに終止符を打った今、そろそろ次のステップに踏み出すのもありかもしれない。

そう思うものの、まだそういう気持ちになれなくて……。

「うーん……合コンはやめとく」

ぼそっと呟くと、智幸が「そっか」と少し残念そうに言った。

「まだアンドリューのこと好きなの？」

「えっ？　いや、そういうわけじゃないんだけど」

「それとももしかして、何かいい出会いがあった？」

「まさか」

苦笑して、和は即座に否定した。

「じゃあ質問。今日突然現れたっていうローレンスのアシスタントの彼、どんな人？」

思いがけない質問に面食らって目を瞬かせると、智幸がたたみかける。

「だって、それもひとつの出会いじゃない」

「……確かに」

大きく頷いて、和は智幸に言われるまでそういう考えがまったく浮かばなかったことに内心驚いた。

言われてみれば、マシューは和の好みのタイプだ。甘い顔立ち、都会的で洗練された物腰……分類するとアンドリューと同じカテゴリに属していると思う。

（これも出会いとしてはありなのかな）

しかし、まったくピンと来なかった。今の今までマシューをそういう目で見ていなかったし、これからもそういう目で見るとは思えない。

「……ところで智幸、五限は？」

話をそらしたくて、時計を見ながら問いかける。

「あ、いけない！　授業始まっちゃう。じゃあまたメールするね」

慌てて走ってゆく智幸の背中を見つめ、和は物憂げにため息をついた。


——その日の夕食の席。

銀座のホテルのレストランで、和は少々居心地の悪い思いを味わっていた。

「あの画廊のオーナー、都合が悪くなると英語がわからないふりしてますよね」

「やはりそう思うか？　世間話には饒舌《じょうぜつ》なのに、交渉となると途端に英語がたどたどしくなるよな」

マシューとローレンスの話に耳を傾けるふりをしつつ、内心早く帰りたくてたまらなかった。

料理は美味しいし、店の雰囲気も悪くない。

けれど、自分がこの場にそぐわない気がして、どうにも落ち着かなかった。

（こういうお店に来るとわかってたら、もうちょっと小綺麗な格好してきたのに……）

ローレンスとマシューは完璧なスーツ姿で堂々としている。

和はといえば、アイボリーのタートルネックのコットンセーターに紺のブレザー、ベージュのパンツ、ローファーという格好だ。大学生にしてはきちんとしているほうだが、ふたりに比べるとラフな印象が拭えない。

（マシューって見れば見るほど美形だよな……）

ちらりとマシューのほうを窺い、優雅な身のこなしにしばし見とれる。野性的で男っぽいローレンスと並ぶと、まるで似合いのカップルのようだ。

自分とローレンスでは、こうはいかない……。

「それで……明日からの予定なんだが。和？」

ローレンスに話しかけられて、和ははっと我に返った。

「え？　ああ、聞いてるよ。何？」

「俺たちは明日の午後、新幹線で東北へ行く。仙台で二泊する予定だ」

「え……そうなんだ……」

「せっかく部屋を用意してもらったのにごめんね」

マシューがすまなさそうに言い添える。

「いえ、全然、気にしないでください」

「ああそうだ、ホテルの予約は取れたか？」

ローレンスがマシューのほうを向いて尋ねる。

「それが、どこも満室で……なんとか取れたことは取れたんですが、ツインの部屋しか空いてなくて」

マシューが肩を竦めて答える。

「……きみさえ構わなければ、俺は構わないが」

グラスを置いて、ローレンスがややかしこまった口調で言う。

「ええ……僕も構いません」

口元に微笑を浮かべたマシューが、ローレンスに流し目を送る。

ふたりの意味ありげなやり取りに、和は目をぱちくりさせて固まった。

（……え？　ローレンスとマシュー、同じ部屋に泊まるの？）

——日本では出張先でサラリーマンが同室になることは珍しくないが、イギリスの感覚ではそれはあり得ない。男ふたりがホテルの同じ部屋に泊まる、それはすなわち、そういう関係であると見なされるからだ。

（まさか……まさか、このふたりってそういう関係？）

胸の中に、激しい嵐が吹き荒れる。心臓が早鐘を打ち、胃がよじれるようにきりきりと痛み始めた。

（ローレンスがマシューと……）

あり得ない話ではない。ふたりは職場でいつも一緒だし、マシューはわざわざ日本までローレンスを訪ねてきた。仕事だと言っているが、メールや電話、国際郵便で片付かないほどの急用がそうそうあるとは思えない。

ローレンスにその気があるとは今まで気づかなかったし考えたこともなかったが……自分にああいう悪戯を仕掛けたのも、そういう理由だと考えれば納得がいく。

焦点の合わない目で、和は運ばれてきたデザートをぼんやりと見つめた。

ちょっぴりたしなんだ食前酒が、今になって強烈に効いてきたらしい。

「食べないのか？　溶けるぞ」

ローレンスがちらりと和を見やり、素っ気なく言う。

「……ああ、うん」

スプーンを手に取って、和はカシスのシャーベットをすくった。

「新幹線に乗るの、すごく楽しみです。前にテレビで見て、一度乗ってみたいと思ってたんですよ」

「そういえばきみは鉄道マニアだったな」

何げない言葉のひとつひとつが、ふたりの親密さを表しているようで落ち着かない。

デザートを味わう気持ちになれなくて、和はそっとスプーンを置いた。

11

「ただいま」

「……おかえり」

空港までマシューを送っていったローレンスが帰宅し、和は玄関でぎこちなく出迎えた。

「マシューが和によろしく伝えてくれと言ってたぞ。また和の手料理が食べたいって」

言いながら、ローレンスが靴を脱いで玄関に上がる。

「そう……」

ローレンスの言葉に、和は力なく頷いた。

――来日した日に一泊、仙台で二泊し、戻ってきてからこの家に二泊して、マシューは今日イギリスに帰っていった。

最初は自分の勘違いかと思った。自分がゲイだから、そんなふうに穿《うが》った見方をしてしまうのだろう、と。

しかしふたりの親密な様子に疑惑は日に日に膨れ上がり、いまや和は確信を持っていた。

どこまで深い仲なのかはわからないが、ローレンスとマシューは単なるオーナーとアシスタントという以上の関係がある。

ふたりが仕事と称して倉に閉じこもるたびに、和はもやもやした気持ちに包まれた。

（ローレンスに恋人がいるってわかったからって、それが何？　今までだって、ローレンスは取っ替え引っ替えだったのに）

この数日、ずっとそのことを考えていた。

ローレンスの悪戯のあれこれは単なる嫌がらせとか悪ふざけだと思っていたが、ローレンスにとって男性も恋愛対象だとなれば、意味合いが違ってくる。

マシューの身代わりに弄ばれたような気がして、それが和をひどく落ち込ませていた。

「どうした、静かだな」

「……ああ……お茶淹れようかと思って」

ぼんやりと立ち尽くしていると、着替えたローレンスが台所にやってきた。和の隣に立って、灰色の瞳で探るように見下ろす。

「マシューがいなくなって寂しいか？」

「え？　いや、そういうわけじゃないけど……」

「だけど、マシューはおまえの好みのタイプだよな」

予想外の言葉に、和は目をぱちくりさせた。振り返って、ローレンスの顔をまじまじと見つめる。

「……どこからそんな発想が……」

「アンドリューに似てるだろう。顔かたちじゃなくて、持ってる雰囲気が」

「……ああ、まあそうだね」

「それに、おまえが高校生の頃夢中になってた俳優に似てる」

「ええっ？　あ、ああ……言われてみれば確かに似てるかも」

ローレンスに言われるまで気づかなかったことも驚きだが、それよりもローレンスが和の好きな俳優を覚えていたことのほうが驚きだった。

「おまえはほんとにああいう貴公子タイプに弱いよな。高校生のときも、部屋中にポスター貼ってうっとり眺めてた」

面白くなさそうに吐き捨てられて、和はむっとした。

「誰のポスター貼ってうっとりしようが俺の勝手だろ。誰にも迷惑はかけてないよ」

「ああ、おまえの勝手だ。おまえの部屋に入るたびにうんざりさせられたくらいで、特に迷惑はかけられていない」

「…………」

やけに刺々《とげとげ》しい態度でつっかかられて、怒りよりも戸惑いが込み上げてくる。

もしかして、自分の恋人に気があるのではと心配してるのだろうか。だとしたら見当違いもいいところだ。

「ローレンス」

「なんだ」

不機嫌そうなローレンスの顔を見て、言いかけた言葉を飲み込む。マシューとつき合ってるのか訊きたかったが、こういうときのローレンスは何を訊いてもはぐらかすに決まっている。

「……なんでもない。紅茶淹れるけど飲む？」

ぷいとそっぽを向いて、和は沸騰したやかんの火を止めた。


その晩、和は早めに就寝した。

起きているとローレンスと顔を合わせてしまう。今はローレンスと話したくないので、風呂から上がるとさっさと布団に潜り込んだ。

——障子を通して、月明かりが差し込んでいる。

一時期はやかましいほどだった虫の音《ね》も、いつのまにかすっかり途絶えてしまった。今夜は風もなく、竹林もしんと静まり返っている。

寝返りを打ち、和は仰向《あおむ》けになって天井を見上げた。

布団に入ってそろそろ二時間になろうとしているのに、目が冴えて眠れない。起きて本でも読もうかと思ったが、それもあまり気が進まなくて目を閉じる。

（ローレンス……前より打ち解けたと思ってたのに、なんかまた遠くなった感じだ）

夕方の不機嫌な態度を思い出すと、胃の辺りがきゅうっと痛くなる。

せっかくいい関係になれそうだったのに、また逆戻りだ……。

——ふいに廊下から聞こえてきた物音に、和ははっと目を覚ました。

いつのまにかうとうとしていたらしい。寝返りを打って時計を見ると、三十分ほど経過していた。

（ローレンスがまだ起きてるのかな）

もう一度目を閉じたところで、障子の開く音がしてぎくりとする。聞き間違いかと思ったが、薄目を開けると確かに寝室と廊下を隔てる障子が開いていた。

「……？」

起き上がろうとした瞬間、視界を何かが遮る。

のしかかってきた体の重みに、和は思わず悲鳴を上げた。

「うわあああっ！」

ほのかにコロンの香りが漂い、それがローレンスだとわかる。必死で手足をばたつかせ、和はローレンスの体を押し返して布団の上に起き上がった。

「ローレンス！　何してるんだよ！」

「……うるさい」

乱れた髪をかき上げながら、ローレンスも体を起こす。薄闇の中、ローレンスがパジャマ代わりにしている紺の浴衣の白い絣《かすり》模様がやけにくっきりと浮かび上がっていた。

「うるさいじゃないよ……っ！」

「ああ……部屋を間違えた」

「じゃあ速やかに戻れ。今すぐ」

和がぴしりと開けっ放しの障子を指すと、ローレンスが大袈裟にため息をついて和の布団に倒れ込んだ。

「めんどくさい」

「ええ？　ちょっと、だからってここで寝るなよ！」

ローレンスを引っ張り起こそうと、和は腕を摑んだ。

しかし逆にローレンスの腕に抱き寄せられて、あっという間に布団の上に組み敷かれてしまう。

「おい！　ふざけるな！　寝ぼけてるのか!?」

「そうだな、寝ぼけてるのかも」

茶化すようにくすりと笑い、ローレンスが和の首筋に顔をうずめる。

「ひゃ……っ！」

ローレンスの唇の感触に官能を刺激され、和はびくびくと首を竦めた。手足をばたつかせるが、まるでピンで突き刺された蝶のように体の中心が動かない。

「や、やめろよ……っ」

震える声で訴えると、ローレンスが体を起こして和の顔を見下ろした。

「……おまえは二十歳になったにしては初《うぶ》すぎる。少し免疫をつけたほうがいい」

「余計なお世話だ……っ！」

奥手なことをからかわれ、悔しくて目に涙がにじむ。もっといろいろ言い返したいのに、喉《のど》がつかえて言葉が出てこなかった。

息を喘がせながら、憎たらしい灰色の瞳を睨みつける。

するとふいに距離が縮まり、視界が暗くなった。

「——っ！」

唇を塞《ふさ》がれて、和は目を白黒させた。

——まただ。またローレンスにからかわれている。もうこんなのは嫌なのに……。

「やめろ……！」

舌を入れられる前に、和は渾身の力でローレンスを突き飛ばした。

ローレンスが軽く呻いて体を離し、畳の上に膝を立てて座る。

「キスは嫌いか？」

「そういうことじゃなくて、俺にするのは間違ってるだろ！」

「別に間違ってない」

「どこがだよ？」

「………………」

灰色の瞳が、薄闇で爛々と光って和を見つめていた。

猛獣に狙われた小動物のような気分になり、背中がぞくりと震える。

それは恐怖と同時に、どこか甘美な感覚をもたらし……。

「……あ……っ」

無言で覆い被《かぶ》さってきたローレンスに押し倒されて、声が漏れる。

自分の声がやけに艶《つや》めいていることに動揺し、和は必死で抵抗を試みた。「放せ」とか「ふざけるな」などとくり返しながら暴れるが、和の意思とは裏腹に、声は次第に弱々しくなってゆく。

――ローレンスに触れられると、体の芯が蕩《とろ》けそうになる。全身の力が抜けて、がっちりと逞しい腕にすべてを委ねてしまいたくなるような……。

「ひあ……っ」

パジャマのズボンの上から股間をまさぐられ、和はびくりと体を震わせた。

「勃起してる」

あからさまな言葉に真っ赤になり、けれどローレンスの手に包まれたそこは、ますます硬くなってしまう。

「溜まってるみたいだな。マシューに気兼ねして我慢してたのか？」

「い、いや……っ」

根元の玉をやわやわと揉《も》まれ、和は不埒な手から逃れようと身をよじった。

鈴口から先走りが漏れて、下着を濡らしている。早くやめさせなければ、また恥ずかしいことになってしまう。

けれど、抗《あらが》うにはローレンスの手はあまりにも心地がよくて……。

「ローレンス……っ」

ズボンごと下着を引きずり下ろされ、和は大きく目を見開いた。

初々しいペニスがぷるんと飛び出し、ローレンスの眼差しに晒される。

恥ずかしいのに、隠したいのに、なぜか金縛りに遭ったように体が動かなかった。灰色の瞳に見つめられて薄桃色のペニスはますます興奮し、しとどに露を溢《あふ》れさせ……。

「もう出そうだな」

掠《かす》れた声で言いながら、ローレンスが和のそこへ手を伸ばす。

「あっ、ああ……っ」

大きな手に握られた途端、限界はあっけなく訪れた。

一瞬意識が曖昧《あいまい》になり……それから自分がローレンスの手の中で吐精したことを自覚する。

「……ん……っ」

ローレンスが後始末をするようにやわやわと扱《しご》く。大きな手で精液を搾《しぼ》り取られるさまを、和は焦点の合わない目でぼんやりと見つめた。

（やってしまった……）

自己嫌悪の苦い味が口の中に広がってゆく。

これで二度目だ。

しかも今回はローレンスの手を汚してしまった。最初のとき、もう二度とこんな粗相はするまいと心に誓ったのに……。

「気持ちよかったみたいだな」

ローレンスがティッシュペーパーの箱をたぐり寄せて手を拭《ぬぐ》い、くすりと笑う。

赤くなって顔を背けると、テッシュを持った手が股間に伸びてきた。

「あ、やめ……っ」

けれど抵抗むなしく、恥ずかしい場所を拭われてしまう。

（最悪だ……）

こんなことを許してしまった自分に腹が立って仕方がない。

何より最悪なのは、心は苦々しい思いでいっぱいなのに、体ははしたなく快感の余韻を貪っていることだ――。

「ほら、綺麗になったぞ」

「……………」

ティッシュで清められたそこは、いつものサイズに戻って縮こまっていた。

見栄もプライドも粉々だった。いつもだったら辛辣《しんらつ》な言葉を投げつけるところだが、もう虚勢を張る気力はなかった。

「……あの人とも、こういうことしてるの？」

代わりに、訊くつもりのなかった質問がぽろりと零《こぼ》れてしまう。

「あの人って？」

ローレンスが体を起こし、和を見下ろす。

「とぼけるなよ……っ」

パジャマの上着を引っ張って股間を隠しながら、和はローレンスを睨みつけた。

「マシューのことか」

「…………」

視線を下に落としながら、かすかに頷く。

まるで嫉妬《しっと》しているようなセリフだ。今すぐ取り消したくなったが、ローレンスの答えを聞きたくて、和は黙って羞恥に耐えた。

「気になるか？」

ローレンスの唇に、いつもの意地の悪い笑みが浮かぶ。

「はぐらかすなよ」

「じゃあ言い直そう。ご想像にお任せする」

「……っ」

ローレンスが否定しなかったことに、和はひどく動揺した。

心臓が早鐘《はやがね》を打ち始め、胃がきりきりと痛み始める。なぜ自分はこんなにもショックを受けているのだろう……。

「……さて、それじゃあ部屋に戻るとするか」

言いながら、ローレンスが立ち上がる。

「おやすみ」

薄闇の中、ローレンスの声が甘やかに耳にまとわりついた。

12

――翌朝。目が覚めると、いつもよりも遅い時間だった。

障子を開けて廊下に出ると、台所のほうから何やら派手な音――シンクにボウルを落としたような音が聞こえてきた。

（ローレンス……？）

足音を忍ばせて、廊下を歩く。

そっと覗くと、珍しくローレンスが台所に立って悪戦苦闘しているところだった。しきりに悪態をつきながら、慣れない手つきでボウルの中身をかき混ぜている。

（……ローレンスが料理してるところ、初めて見た）

いったいどういう風の吹きまわしだろう。和が起きてこないから、自分で朝食を作ることにしたのだろうか。

「突っ立って見てないで手伝え」

ふいにローレンスが、背中を向けたままぶぶっきらぼうに言い放った。

その声に、体の芯がびくりと震える。こっそり覗いていたつもりだが、気づかれていたらしい。しばし逡巡《しゅんじゅん》した後、和はおずおずと台所に足を踏み入れた。

「この卵は不良品だ。上手く割れないし、何度やっても中身に殻が混じる」

眉間に皺を寄せて、ローレンスが忌々《いまいま》しそうに吐き捨てる。

ローレンスの隣に立ってボウルの中を覗き込むと、卵液に粉々になった殻がたっぷりと混ざっていた。

「……何を作ろうとしてるの？」

「パンケーキだ」

ローレンスが振り返り、じろりと和を睨《ね》めつける。

その言葉に、和は面食らって目を瞬《しばた》かせた。

ローレンスは、パンケーキはさほど好きではなかったはずだ。けれど和の大好物で……もしかして、ゆうべのお詫びのつもりで作ろうとしているのだろうか。

「…………ホットケーキミックスを使うと簡単にできるよ」

言いながら、棚の中から買い置きのホットケーキミックスの袋を取り出す。

「俺がやる。おまえは手伝え」

「……じゃあ……こっちのボウルに粉を入れて。俺は牛乳計るから」

新しいボウルを出して渡すと、ローレンスは丁寧とは言い難い手つきでホットケーキミックスの袋を破いて粉をボウルにぶちまけた。

(まったく……なんで素直に謝れないんだろう)

計量カップで牛乳を量りながら、和は込み上げてくる笑いを噛み殺した。

以前はローレンスの不可解な言動に戸惑ったものだが、だんだんと考えが読めるようになってきた。ローレンスはローレンスなりに謝るきっかけを作ろうとしているのだろう。それがわかるから、以前ほど腹も立たなくなってきた。

「ああ、待って。卵は俺が入れる」

殻ごと入れられてはかなわない。慌てて和は、ローレンスの手から卵を取り上げた。

和が慣れた手つきで卵を割り入れるのを、ローレンスは黙って見ていた。

「フライパンを出して火にかけて、油を少し入れて」

「俺がアシスタントみたいじゃないか」

「当然だよ。ま、卵をいくつも駄目にするようなアシスタントは願い下げだけどね」

「俺が駄目にしたんじゃない。卵が俺に反抗して、自ら使い物にならなくなる道を選んだんだ」

「優秀なアシスタントは言い訳しないものだよ。まずは俺が手本を見せるから、二枚目からはローレンスがやってみて」

熱したフライパンに種を流し入れ、形を整える。いつも通りの会話を交わせていることに、和は気持ちが落ち着いてゆくのを感じた。

「こんなふうに表面に泡が出てきたら、こうやってひっくり返す」

「なるほど」

ローレンスが腕を組み、感心したように頷く。

まさかローレンスにホットケーキの焼き方を指導することになるとは思わなかった。けれどそれはひどく心が浮き立つ作業で……いつのまにか和は、ローレンスと顔を見合わせて屈託なく笑っていた。


「いただきます」

卓袱台の上、和が焼いた綺麗な形のパンケーキと、ローレンスがひっくり返すのに失敗して形の崩れたパンケーキが、それぞれ皿にのせられ湯気を立てている。

「初めてにしては上出来……と言いたいところだけど、これはひどいね」

「何を言ってるんだ。おまえにはこのフォルムの素晴らしさがわからないのか？　見ろ、この焦げ目とよじれの絶妙な調和」

ローレンスの大袈裟なセリフを無視して、和は崩れたパンケーキを口に運んだ。

「食べれないことはないいな。ま、ホットケーキミックス使えば味に関してはほとんど失敗ないしね」

「次は絶対上手く焼いてみせるさ」

「期待しとくよ」

くすくす笑いながら顔を上げると、ローレンスと正面から目が合う。

ふいにローレンスがフォークを置き、真顔になった。

ローレンスが本題に入ろうとしていることに気づき、和も笑みを引っ込めて緊張した面持ちになる。

「彼氏とはうまくいってるのか？」

「……え？　ああ……」

曖昧に頷いて、目をそらす。まさか智幸のことを訊かれると思わなかったので、動揺して声が上擦ってしまった。

「なあ和、そろそろ本当のことを話せ。おまえと智幸は単なる友達で、恋人ではない。そうなんだろう？」

「……っ」

ずばっと斬り込まれて、和は言葉を失った。

灰色の瞳が、じっと和の目を見つめる。その色はいつもよりも温かみを帯びており、和の中の頑《かたく》なな部分をじんわりと溶かす作用があった。

「………そうだよ」

観念して、和は白状した。

「なぜ恋人がいるふりをした？」

「それは……」

どうしてだったのか、とっさに思い出せなかった。

言い淀《よど》む和に、ローレンスが穏やかな眼差しを向ける。

「和、俺たちは……」

改まった様子で、ローレンスが切り出した。

しかしその言葉の続きは、ふいに鳴り出した電話の着信音によって遮られてしまった。

「あ、ごめん、俺のだ」

ポケットからスマートフォンを取り出して、和は席を立った。どうでもいい電話なら無視するつもりだったが、そこに現れた文字に思わず声を上げる。

「アンドリューだ！」

久々の電話に、つい頬が緩んでしまう。ローレンスのほうを振り返ると、ローレンスが「出ろ」とジェスチャーで示した。

「もしもし？」

『ああ、和か？　今ちょっといいかな』

「もちろん。あ、ローレンスもそばにいるんだ。スピーカーに切り替えるね」

卓袱台の上に電話を置いて、席に座り直す。

『急な話だが、来週仕事で日本に行くことになったんだ。東京じゃなくて、福岡なんだが』

「ほんとに？　いつ？」

『水曜日から三日間の予定だ。ぜひおまえたちに会いたいんだが、スケジュールがタイトで東京までは行けそうになくてね……。だから、もしよかったらふたりで福岡に来ないかと思って』

「水、木、金か……。うーん、その日はどうしても休めない講義があるから無理だな……」

せっかくの機会なのに会いに行けないのが残念で、和は表情を曇らせた。

「悪いが俺も人と会う約束がある」

向かいの席で、ローレンスが素っ気なく言う。

『そうか。じゃあ仕方ないな。もしかしたらまた日本に行くことがあるかもしれないから、またそのときに』

「うん……またね。ああ、パパとママにもよろしく」

通話を切って顔を上げると、ローレンスの灰色の瞳がじっと和を見ていた。先ほどまでの温かみのある色味はすっかり消え失《う》せ、いつもの感情の読めない色に戻っている。

「……パンケーキ、冷めちゃったね。温め直す？」

「いや、いい」

そう言ってフォークを手に取り、残りのパンケーキを機械的に口に運ぶ。

(なんか機嫌悪いな……電話で中断されたのが気に入らないんだろうか)

先ほど言いかけた言葉の続きは、なんだったのだろう。

気になるが、ローレンスにはもう続きを話す気はなさそうだった。

すっかり冷めてしまったパンケーキを食べながら、和は電話を取らなければよかったと後悔した。


夕方からぽつぽつと降り始めた雨は、夜になって激しさを増していた。時折強く吹く風が竹林を揺らし、不穏な音を立てている。

――本のページを閉じて、和はため息をついた。雨音のせいで集中できなくて、内容がさっぱり頭に入ってこない。

(……いや、雨音のせいだけじゃないいな)

今日は一日中ローレンスのことを考えていた。

今朝ローレンスは、何を言おうとしたのだろう。アンドリューから電話がかかってきた途端に不機嫌になったのは、どうしてなのか。

……幾度となく頭に浮かんだ埒《らち》もない妄想が、また頭をもたげる。

ローレンスの態度は、まるで嫉妬しているようだった。そう考えて、「そんなことがあるはずない」と慌てて打ち消す。

「ああもう！」

苛立ちが声に出てしまい、慌てて口を噤む。机の上の電気スタンドを消して、和は椅子を引いて立ち上がった。

（ローレンスはもう寝たかな）

台所へ水を飲みに行きたいが、ローレンスと鉢合わせするのは避けたい。そろりそろりと障子を開けて、明かりの消えた廊下を窺う。

ローレンスの寝室の障子はぴったりと閉まっていた。明かりも消えていることを確認し、和は足音を忍ばせて廊下に出た。

縁側の庇《ひさし》に、雨粒が音を立てて叩きつけている。遠くで雷も鳴り響いており、今夜は荒れ模様になりそうだ。

手探りで台所の電気のスイッチを入れて、冷蔵庫からミネラルウォーターのボトルを取り出す。グラスに注《そそ》いで飲もうとしたところで、ふいに背後に人の気配を感じた。

「――風の音がすごいな」

「……っ！」

ローレンスの声に、文字通り飛び上がりそうになる。

すんでのところで悲鳴を堪えて振り返ると、ローレンスが台所の戸口にもたれてこちらをじっと見下ろしていた。

「……起きてたんだ」

「ああ」

灰色の瞳が、和の全身を舐《な》めるように見まわす。

その視線に官能の気配を感じ取り、和は狼狽えて視線をそらした。

風呂上がりの肌にまとった水色のパジャマには色気の欠片《かけら》もなく、ローレンスが欲情する要素など何ひとつない……はずだ。

（……気のせいだ。俺が意識してるから、そういうふうに思っちゃうだけだ）

熱くなった頬を冷ますように、グラスの水を呷《あお》る。

「俺にも一杯くれ」

言いながら、ローレンスが大股で近づいてくる。

「えっ？　あ、ああ」

目の前に浴衣の胸が迫ってきて、かあっと頬が熱くなってしまった。せっかく冷めかけていた熱が、再び頬を紅《あか》く染める。

ローレンスが思わせぶりな笑みを浮かべて和を見やり、戸棚からグラスをひとつ取り出してカウンターに置く。

明らかに面白がっている表情だ。和がローレンスを意識していることをわかっていて、反応を観察してるのだろう。

気持ちを読まれているのが悔しくて、和はぷいとそっぽを向いた。速やかにこの場を立ち去るべく、急いで水を飲み干してグラスを置く。

「……っ！」

しかし一歩踏み出した途端、目の前に立ちはだかったローレンスに進路を塞がれてしまった。

心臓が口から飛び出しそうになり、やかましいほどに鳴り響く。

ローレンスがくすりと笑い、カウンターに手をついて和の体を囲い込む。

「おまえのほうから俺の部屋に訪ねてくるかと思って待っていたんだが」

「……ええ⁉　な、なんで俺が……っ」

思いがけないセリフに声が裏返ってしまう。ちらりと見上げると、ローレンスの視線が粘つくように絡んできた。

「理由はおまえもわかってるだろう」

視線だけでなく、声も蜜のようにまとわりついてくる。指一本触れられていないのに、体の芯が燃えるように熱かった。

「な、何言って……」

冗談めかして笑おうとするが、上手くいかなかった。肉感的な唇が近づいてくるのを、ただぼんやりと焦点の合わない目で見つめる。

「……ん……っ！」

唇が重なると同時に、逞しい腕が背中と腰に巻きついてきた。

強く抱き締められ、口の中を舌でまさぐられる。

（や……っ、な、なんか今までと違う……っ）

これまでのキスよりも、乱暴で性急だった。遊び慣れた印象のローレンスには似つかわしくない、男の本能剝き出しの、余裕のないキスだ。

「――っ！」

ふいに押しつけられた硬い感触に、和はびくりと体を竦ませた。

ローレンスが勃起している。しかもそれは、信じられないほど大きくて……。

（あ……っ）

いつのまにか、和のペニスも硬くなっていた。

密着した体の間で、ふたつの勃起が布越しに擦《こす》れ合う。身長差があるのでぴったりとは重ならないが、初な和には充分すぎるほど刺激的な感触だ。

（やばい……）

このままでは、また恥ずかしい粗相をしてしまう。しかも今回はローレンスも興奮しており、単なる悪戯では済まなくなりそうな予感がする。

気力を振り絞ってローレンスの体を突き放そうとしたそのとき、ふいにローレンスが低く呻いて和の体を抱き上げた。

「ひあっ！　ちょ、ちょっと……っ！」

視界がぐらりと揺らぎ、和は声を上げた。高ぶった体を横抱きにされ、バランスを崩しそうになって思わずローレンスの首にしがみつく。

「下ろしてよ……っ」

「だめだ」

「いや……っ！」

ローレンスの腕の中で、和は釣り上げられたばかりの魚のようにぴちぴちと暴れた。けれど頑丈な腕はびくともせず、和の体をしっかり摑んで放してくれない。

ローレンスが廊下を踏み鳴らし、足で寝室の障子を蹴《け》り開ける。

最初は暗くてそこが自分の寝室なのかローレンスの寝室なのかわからなかったが、布団に下ろされると同時に漂ってきたコロンの香りでローレンスの寝室だとわかった。

「あ……っ」

起き上がろうとしたところを上からのしかかられ、小さく悲鳴を上げる。

「……だ、だめだって……」

「なぜだめなんだ」

言いながら、ローレンスが硬く屹立したものを和の股間に押し当てる。

布越しにもその大きさと硬さが生々しく伝わってきて、和は真っ赤になって顔を背けた。

「だって、俺たち、兄弟だし……っ」

「血は繋がってない」

「そうだけど、こんなこと……ああ……っ」

新たな快感に、和は艶めいた声を上げた。ローレンスがゆるゆると腰を動かし、ふたつの勃起を擦り合わせたのだ。

「それだめ、やめ……、あ、あ……っ」

初々しいペニスが下着の中で薄い精液を漏らす。

まるで失禁のように唐突な射精だった。

和の射精に気づいたローレンスが体を起こし、息を荒げて乱暴な手つきで和のパジャマを毟《むし》り取る。

「いや……っ」

「脱がないと汚れるだろう」

「……っ」

もう汚れている、と言い返したかったが、恥ずかしくて言えなかった。あっというまに上着を脱がされ、下着ごとズボンも引きずり下ろされてしまう。

部屋が一瞬明るくなり、和は目を瞬かせた。それが稲妻だと理解した途端、大きな雷鳴が響き渡る。

しかし雷よりも、閃光《せんこう》に浮かび上がったローレンスの姿のほうが衝撃的だった。

和の腰を跨《また》ぐようにして膝立ちになり、浴衣を脱いで裸になろうとしている——。

声もなく、和はその見事な裸体に見とれた。広い肩幅、厚い胸板……引き締まった筋肉が陰影を浮かび上がらせ、ため息が出るほど美しい。

そして腰を覆うボクサーブリーフを、逞しい男根が雄々しく突き上げており……。

「……ひゃっ！」

ローレンスが自らの下着をずり下ろした瞬間、和は思わず変な声を上げてしまった。

慌てて両手で目を覆うが、一瞬見てしまった全貌がくっきりと瞼《まぶた》に焼きついている。

「そういう反応をされるとは思わなかったな」

苦笑混じりの声が耳元で囁く。

互いの裸身が触れ合ったのがわかって、和は顔を覆ったままびくびくと震えた。

まるで夢の中の出来事のように、頭の中がふわふわして覚束ない。

これは本当に現実だろうか。ローレンスが、こんなことをするなんて……。

「……っ！」

灼熱の杭を押し当てられた途端、わずかに残っていた理性が溶けてゆく。

熱い体に抱き締められて、和は淫らな行為に溺《おぼ》れていった——。


——目が覚めると雨の音はやんでいた。

夜明けが近いらしく、雨戸を開けっ放しのローレンスの部屋は青白い光に包まれている。

起き上がろうとして、和は腰にローレンスの腕が巻きついていることに気づいた。

「…………」

視線だけ動かし、隣で眠るローレンスの顔を見やる。

ローレンスは規則正しい寝息を立ててぐっすりと眠っていた。

(ローレンスの寝顔を見たのって、いつ以来だろう……)

高い鼻梁《びりょう》、秀でた額、形のいい唇……灰色の瞳が閉じられているせいで、起きているときよりも穏やかで親しみやすく見える。

ふいに和は、胸のうちに熱い塊が込み上げてくるのを感じた。

——ローレンスが愛《いと》おしい。そうとしか説明しようのない、せつなくてやるせない気持ちが心の中をじわじわと埋め尽くしてゆく。

（…………これはまずい兆候だな）

ローレンスの寝顔を見つめながら、和は唇を噛んだ。

意地悪で強引で自分勝手で……だけどひどく魅力的な義兄に、自分は今どうしようもなく惹《ひ》かれている。

いったいいつのまに恋に落ちてしまったのだろう。ほんの数ヶ月前までは、ローレンスに恋をするなんて思ってもみなかったのに。

……いや、違う。心に秘めた本当の初恋は、十三歳のときのローレンスだった。

意地悪な義兄は、いつも和の心の中で多くの場所を占めていた。それはローレンスに対する苛立ちや反発心のせいだと思っていたが、本当にそうだったのだろうか。

（……とりあえず今確実にわかっていることは、この恋は実らないということだ）

マシューの顔がちらつき、和はローレンスの寝顔から目をそらした。

ローレンスとマシューは、さほど深い仲ではないのかもしれない。いつだったか電話で話しているのが聞こえてしまったが、事務的なやり取りだけで甘い空気は欠片もなかった。

マシューとのことも一時の遊びと割り切っているのかもしれない。だとしたら、ゆうべの行為もローレンスにとってはほんの些細《ささい》な戯れなのだろう。

（どうして俺って見込みのない相手ばっかり好きになっちゃうんだろう……）

体の上からどかそうと、ローレンスの腕にそっと触れる。

けれどその重みと体温を手放すのが名残惜しくて、ローレンスの腕に手を重ねたまま目を閉じる。

こんなふうに一緒に眠るのは最初で最後かもしれない。

やりきれないような気持ちを抱えて、和は再び眠りに落ちていった。


次に目が覚めたとき、和はローレンスの寝室の布団にひとりで横たわっていた。

「ローレンス……?」

起き上がって辺りを見まわすと、枕元に便箋が一枚置かれていた。

『今日は横浜まで行ってくる。帰りは八時頃になると思う』

癖のある文字を見つめて、和はため息をついた。

あんなことをしたあとなので、顔を合わせて気まずい思いをするよりもよかったかもしれない。そう思いつつ、ローレンスが会話も交わさずに出かけていったことがせつなかった。

(……せつないとかありえない！　よく考えてみろ、あのローレンスだぞ……！)

ぎゅっと拳《こぶし》を握って、和は自分の膝をばしばしと叩いた。

そして自分が素っ裸でいたことに気づいて、慌ててパジャマを拾って身につける。

「……まずは洗濯だ」

ローレンスの布団からシーツとカバーを勢いよく剝《は》がす。

早くいつもの自分を取り戻さなくてはならない。ローレンスに恋をしているなんて、きっと一時の勘違いだ。

そう自分に言い聞かせて、和は険しい表情で洗濯機に汚れ物を突っ込んだ。


「智幸、ちょっと頼みがあるんだけど」

――二限終了後。教室の外で待ち構えていた和は、智幸を捕まえて廊下の隅に引っ張っていった。

「どうしたの？」

智幸が怪訝そうに首を傾げる。

「あのさ……ちょっとローレンスといざこざがあって、今家に居づらい状態なんだ。悪いんだけど、智幸んちに二、三日泊めてくれないかな……」

「ええっ、お兄さんと喧嘩でもしたの？」

「んー……まあそんなとこ」

曖昧に言葉を濁し、和は視線を床に向けた。

――今朝からずっと考えていたことだ。自分とローレンスは、しばらく距離を置いたほうがいい。智幸の家がだめならビジネスホテルに泊まるつもりで、数日分の着替えも用意して大学の最寄り駅のコインロッカーに預けてきた。

「うちは構わないよ。いつもうちで和の話してて、母さんが一度会いたいって言ってたし」

「ほんとに？　ありがとう。じゃあ急で悪いんだけど今夜からお願いできる？」

「多分大丈夫だと思うけど、母さんに電話して訊いてみるね」

その場で智幸が自宅に電話をかけ、和は緊張した面《おも》持《も》ちで返事を待った。

「もしもし、母さん？　今いい？」

智幸が母親と話している間、和は今後のことについて考えを巡らせた。

(とりあえず智幸んちに泊めてもらって……その間にアパート探そう。それとももう一回学生課に行って寮に入れるように頼み込むか……)

両親になんと話すべきか考えると、気が滅入ってくる。

(まさかローレンスのことを好きになってしまったからもう一緒に暮らせない、なんて言えないし)

ローレンスと話し合って、同居を解消する方向に持っていったほうがいいかもしれない。

(だいたいローレンス、いつまで日本にいるつもりだろ？　もうすぐ十一月になるけど、帰国の話は全然出ないな)

あれこれ矢継ぎ早に考えていると、電話を終えた智幸が振り返った。

「いいって。母さん喜んでたよ。夕飯もうちで食べるよね」

「そうしてもらえるとすごくありがたい。ほんとありがと」

「じゃあまた五限のあとでね」

智幸と別れた和は、その足で学生課に向かった。

13

地下鉄の駅から出た途端ポケットの中で鳴り始めたスマートフォンに、和は憂鬱《ゆううつ》そうに眉をひそめた。

液晶画面を見ると、案の定ローレンスだった。さっきまで電源を切っていたから、きっと着信履歴にはローレンスの名前がずらりと並んでいることだろう。

電話を無視して、和はすたすたと歩いた。用件はわかりきっている。水掛け論になるだけなので、互いに時間を無駄にしないほうが建設的だ。

電話が鳴り止むのを待って、ビジネスホテルのエントランスをくぐる。

――先週智幸の家に三日間滞在し、そのあとこの格安ビジネスホテルに移った。

智幸は遠慮するなと言ってくれたが、いつまでも好意に甘えるわけにはいかない。それに、正直に言うとひとりで静かに考える時間も欲しかった。

狭くて古いが、その点ビジネスホテルは気楽だ。けれど、いくら格安でも留学期間中ずっとホテル暮らしとなれば、それなりに金がかかる。案の定入寮は断られてしまったので、和はネットで見つけたシェアハウスに入居を申し込むことにした。

大学からは少し遠いし共同生活に不安もあるが、背に腹は代えられない。両親に事情を話せばワンルームマンションくらい借りてくれるだろうが、ローレンスと仲違《なかたが》いしていることを知られたくなかった。

(引っ越してしまえば、もっと日本の学生と交流したかったとか、なんとでも言い訳できるし)

ローレンスとは、あれから何度か電話で話をした。けれど和が出て行ったことをひどく怒っており、感情的になっていて話し合いができる状態ではない。

フロントでキーを受け取り、エレベーターに乗る。五階で降りて擦り切れたカーペットの廊下を歩いていると、再び着信音が鳴った。

ため息をつきながら、部屋の鍵を開ける。

「……はい」

ドアを閉めてからしぶしぶ電話に出ると、ローレンスの不機嫌な声が耳に飛び込んできた。

『いつになったら帰ってくるんだ』

「…………」

こんなぶっきらぼうなセリフにすら胸が高鳴ってしまう自分が嫌になる。

わざと大袈裟にため息をついてから、和も不機嫌そうに言い放った。

「だから言ったじゃん……もうその家には帰らないって」

『勝手なことを言うな。とにかく一度帰ってこい』

「……やだよ」

『原因は、おまえが出て行った日の前の晩のあれか？』

「……わかってるんなら、俺に帰ってこいとか言えるはずないよね」

恋しい気持ちを悟られたくなくて、わざと辛辣《しんらつ》な言葉を口にする。

……本当はわかっている。あの件についてはローレンスだけを責めることはできない。なぜなら心の奥底では和も望んでいたことだから……。

『いいか。おまえが今どこに泊まってるか、俺はちゃんとわかってる。八王子の山屋ホテル、五〇五号室。だからいつでも連れ戻しに行くことができる』

その言葉に、和は驚いて息を呑んだ。まさか宿泊先まで調べていたとは思わなかった。

『だが手荒なことはしたくない。だから自分で戻ってくるんだ。いいな？』

「……まるでギャングの脅し文句だね」

『なんとでも言え。今日の夜八時までだ。それまでに帰ってこなかったら、俺にも考えがある』

そう言って、ローレンスはぷつりと通話を切った。

しばし呆然とし……狭い部屋に置かれたシングルベッドに倒れ込む。

「なんだよもう……つべこべ言ってないで、俺のこと攫《さら》いに来てくれたらいいのに」

目を閉じて、和は心に秘めた願望をぽろりと漏らした。

ローレンスも自分と同じ気持ちだったらどんなにいいだろう。けれどローレンスは、単に自分の思い通りにならない義弟に腹を立てているだけだ——。

(俺にも考えがあるって、いったいどうするつもりだろ……)

そのままうとうとと微睡《まどろ》んでいると、再び着信音が鳴り始めた。

「うるさいな」

電源を切ってしまおうとスマホに手を伸ばし、液晶画面を見てぎょっとする。

アンドリューだ。

ひょっとしてローレンスの言っていた〝考え〟というのは、アンドリューに事情を話して和を説得させようという作戦なのだろうか。

「……はい」

用心深く、電話に出る。

『和? 俺だ、アンドリューだ』

「……うん」

『なんだ、元気ないな。だけど俺が今どこにいるか知ったら、きっと驚くぞ』

和とは対照的に、アンドリューは上機嫌だった。

「何？　俺サプライズは苦手なんだけど……」

『羽田空港だ』

「……え？」

先週来日したアンドリューは、福岡での短い滞在を経て帰国したはずだ。

『実は仕事でちょっとトラブル発生でね。急遽〝ウェントワース〟の東京支社に出張してきたんだよ。トラブルにはうんざりだが、今度は和に会えるんじゃないかと思ってね』

「……ほんとに？　ほんとに羽田空港にいるの？」

『ああ、今からタクシーに乗る。そっちに着くのは八時頃になるかな。噂の竹声庵を見るのが楽しみだよ。そうそう、ローレンスには黙っててくれよ。あいつの驚く顔は滅多に見られないから、今夜思いっきり驚かせてやるつもりなんだ』

「え？　いやあの……」

アンドリューは和が家出中であることをまだ知らないようだ。ローレンスと竹声庵でつつがなく暮らしていると思っているのだろう。

(どうしよう……友達の家に泊まってるって言うべき？　いやいや、待てよ)

今夜アンドリューが来るなら、ローレンスとふたりきりにならずに済む。さすがのローレンスもアンドリューがいるところで妙な真似はしてこないだろう。

さっきの脅し文句も少々気になるし、この機会に一度家に帰って話し合ったほうがいいかもしれない。

「えっと、もちろんうちに泊まるよね？」

『ああ、和たちが構わなければ』

「大歓迎だよ」

言いながら、和は頭の中で素早く今夜の計画を練った。


——竹声庵の前に立ち、門を見上げる。

腕時計を見ると、午後七時になったところだった。塀の隙間から中を覗き、母屋に明かりが点いていないことを確認する。

（ローレンスはまだだな。車庫に車がないし）

それでも念のため、門をくぐってからすぐには母屋に行かず、足音を忍ばせて裏庭から倉を窺った。倉の明かりも消えており、ローレンスの不在を確信してから玄関の鍵を開ける。

「ただいま……」

一応声をかけてから、和は靴を脱いで三和土の隅に揃えた。

古い日本家屋独特の、やや湿っぽい木の香りが鼻をつく。留守にしたのは二週間ほどだが、懐かしさが込み上げてきて胸が詰まった。

（思い出に耽ってる場合じゃない。まずは晩飯の支度だ）

せっかくアンドリューが来てくれるのだから手料理を振る舞おうと、途中のスーパーですき焼きの材料を買い込んできた。このところ外食続きだったので、和も家庭料理に飢えている

台所の明かりを点けた和は、その惨状に顔をしかめた。

「予想はしてたけど、ここまでひどいとは……」

流しには汚れた食器が放置され、ごみもそのままになっている。冷蔵庫を開けると賞味期限の切れた豆腐がどんよりと淀んだ空気を漂わせていた。

ローレンスは決してずぼらな性格ではない。どちらかというと綺麗好きなので、この惨状は少々意外だった。

（俺が戻ってくると決めつけて、俺に片付けさせようとそのままにしてるんだろうか）

ローレンスならやりかねない。ため息をついて、まずは流しに放置された食器を洗うことにした。


——一時間後。すっかり片付いた台所で、和はすき焼きの割り下の味見をした。

「こんなもんかな」

独りごちて、戸棚からカセットコンロを取り出す。ガスボンベのストックはあっただろうかと探していると、玄関の引き戸が開く音がした。

（あー……ローレンスのほうが先に帰ってきちゃったか）

ちらりと時計を見上げ、眉根《まゆね》を寄せる。

もうすぐアンドリューが来る。それまでに、家出の件の口裏を合わせておいたほうがいいかもしれない。

「──帰ってたのか」

ローレンスの声を、和は敢《あ》えて背を向けたまま聞いた。

「別に帰りたかったわけじゃないけど、今夜はお客さんが来るから」

「客？」

ローレンスが怪訝《けげん》そうに言って、つかつかと台所に入ってくる。

真横に立たれて、和は肌が粟立《あわだ》つような緊張感を覚えた。ほのかなコロンの香り、長身の威圧感……まだ顔を見ていないのに、早くも脚が細かく震えている。

「誰だ」

「……言うなって口止めされてるから」

「ふざけるな。言え」

腕を摑まれて、和は持っていた白菜を流しに落としてしまった。

「……っ」

灰色の瞳が、珍しく血走っている。ゆうべ徹夜でもしたのか、目の下にはうっすら隈ができていた。

「いたた……っ、アンドリューだよ……っ」

腕をねじ上げられそうになり、慌てて白状する。

その途端ローレンスの顔が、文字通り鬼のような形相に変わった。

「アンドリューが来るからうちに帰ってきたのか。それでいそいそと食事の用意を……」

「痛い、放してってば」

「おまえは結局……まだアンドリューのことが好きなんだな」

苦々しげに吐き捨てられて、和は驚いて目を見開いた。

「はあ？　どうしてそうなるんだよ？　言っただろう、アンドリューのことはもう吹っ切れたって」

「どうだか。俺が何度電話しても帰ってこなかったくせに」

「それとこれとは話が別だ！　アンドリューはわざわざイギリスから来るんだぞ！」

「俺だってわざわざイギリスから来てる」

「それを言うなら俺もだよ！　ああもう、いい加減放せ……っ」

「嫌だ」

駄々っ子のように言って、いきなりローレンスは屈《かが》んで和の体を抱き上げた。

「ちょ、ちょっと！　下ろせ！」

あの夜と同じように横抱きにされて、和は目を剝いて叫んだ。

しかし抵抗むなしく、再びローレンスの寝室に連れ込まれてしまう。

「変なことすんなよ！　もうすぐアンドリューが来るんだぞ……っ」

どさりと布団の上に下ろされて、和はなんとかローレンスの気をそらそうと叫んだ。

しかしそれは逆効果だったようだ。灰色の瞳をすうっと眇め、ローレンスが上着を脱ぎ捨ててのしかかってくる。

「やめろ！　何考えてるんだよ！」

めちゃくちゃに暴れると、両手首を摑まれてシーツに押さえつけられてしまった。

ローレンスの目は完全に据わっていた。真上から和の瞳をじっと見下ろし、ゆっくりと抑揚のない声で告げる。

「おまえを俺のものにする」

「……ええ!?」

「言っておくが、こないだみたいな中途半端なやり方じゃないぞ。おまえの中に入って、ひとつに繋がって、もう俺なしではいられないようにしてやる」

「…………」

声もなく、和はローレンスの灰色の瞳を見上げた。

ローレンスが言っているのはセックスのことだ。こないだのように性器を擦り合わせるだけの行為ではなく、互いの体を繋げる特別な行為――。

かあっと頬を赤らめた和に、ローレンスが忌々しげに唇を歪める。

「アンドリューには渡さない」

「……な、何言ってるんだよ……俺は本当にもうアンドリューのこと……っ」

「どうだかな。離れて暮らしてたから、冷めたような気になってただけだろう。今夜顔を合わせたら、また恋心が燃え上がるんじゃないのか？」

「そんなこと、ない……っ」

ローレンスの意地の悪い言い方に、じわっと涙がにじむ。

そんなことはありえないのに……和が今せつないほどに恋心を募らせているのは、目の前にいるローレンスなのに。

しかし和の涙は、ローレンスをますます苛立たせてしまったらしい。

「んう……っ」

乱暴に唇を塞がれて、心臓が跳ね上がる。ローレンスに腹が立って仕方ないのに、素直な体はローレンスが与えるものすべてに悦んで反応してしまう。

長い長いキスのあと、和は涙で潤んだ瞳でローレンスを睨みつけた。

「ちょっとは俺の話も聞けよ……っ」

「ああ、聞いてやろう」

冷たい声音に、たった今交わした情熱的なキスの余韻は微塵《みじん》もなかった。

ローレンスが甘い言葉を囁いてくれるのではないかと、心のどこかでほんの少し期待していた自分が滑稽だった。

「……だいたい俺のものにするってなんだよ？　俺のことなんかなんとも思ってないくせに」

目をそらして、和は吐き捨てた。

言ってから、泣き言じみていると気づいて後悔する。

「なんとも思ってないなんて、いつ言った」

「言ってないけど……いつもからかったり意地悪したり、俺のことつついて面白がってるだけじゃないか！」

「面白がってることが、どうしてなんとも思っていないという解釈になるんだ」

「知らないよ！　もう放して！　放せったら！」

完全に切れて、和は大声で喚いた。同時にどっと涙が溢れてきて、子供のようにわんわん泣きじゃくってしまう。

「――和!?　どうした？　どこにいる!?」

そのとき廊下の奥から足音が聞こえてきて、和ははっと我に返った。

――アンドリューだ。ローレンスとの喧嘩に夢中で、玄関の呼び鈴にまったく気づかなかった。

慌てて起き上がろうとするが、ローレンスに押さえつけられてしまう。無言で攻防をくり広げていると、寝室の入口にアンドリューが現れた。

「……何やってるんだ！」

初めて聞くような険しい声で。アンドリューが怒鳴った。大股で寝室にずかずかと踏み込み、むんずとローレンスのシャツの襟首を摑んで和から引き剝がす。

（アンドリューが本気で怒ってるとこ、初めて見た……）

アンドリューがローレンスに摑みかかり、ローレンスも負けじと食ってかかる。布団に横たわったまま、和は呆然とふたりの義兄が獰猛《どうもう》な獣と化した姿を見つめた。

「おまえ……！　あれほど和に手を出すなと言ったのに！」

「俺がいつ誰に手を出そうが俺の勝手だ！」

「なんだと！」

アンドリューが拳を握り、ローレンスに殴《なぐ》りかかる。すんでのところで避けたものの、体勢を崩したローレンスは劣勢に追い込まれた。

「やめて……っ！」

目の前で始まった取っ組み合いの喧嘩に怯えていたが、ただ震えて見ているわけにはいか

ない。

よろめきながら立ち上がり、和は背後からアンドリューに抱きついて、アンドリューがローレンスを殴るのを食い止めた。

「止めるな和。こいつは俺との約束を破ったんだ」

荒い息を吐きながら、アンドリューが憎々しげに吐き捨てる。

「約束？　何それ」

目を瞬かせて、和は問い返した。ふたりの義兄はいったいどんな約束を取り交わしていたのだろう。

アンドリューは無言だったが、次第に呼吸が落ち着いてくるのが伝わってきた。

ローレンスが畳の上に膝をつき、乱れた髪をかき上げながら重たげに口を開く。

「………アンドリューに釘を刺されたんだ。和の嫌がることはしないようにと」

ローレンスの言葉が呑み込めなくて、和はきょとんとした。それはごく当たり前のことではないのだろうか。兄が弟の嫌がることをしないようにするのは……。

「だから俺は、おまえが和を追って日本に行くと言ったとき反対したんだ」

アンドリューがローレンスをびしっと指さし、眉間に皺を寄せる。

「……え？　俺を追って……？　だってローレンス、仕事で日本に来たんだろう？」

和の質問に答える者はいなかった。

気まずい沈黙に、ようやく和はふたりの会話の意味が呑み込めてきて狼狽えた。

(……まさか……)

それが正しい解釈なのか、まだ自信がなかった。アンドリューの背中から離れ、無意識にじりじりと後ずさる。

ローレンスが立ち上がり、ゆっくりと近づいてきた。

ローレンスが一歩近づくごとに、心臓がおかしくなりそうだった。

「――和。俺にキスされるのは嫌か?」

灰色の瞳を見つめたまま、和はイエスともノーとも言えずに固まった。

――キスされるのは嫌じゃない。

けれど、ローレンスがどういうつもりでキスをするのかわからなくて不安だった。

キスされるたびに気持ちを揺さぶられ、かき乱されることが嫌だった。

それを言葉にしたいのに、唇が震えるばかりで声が出てこない。

「いいか、よく聞け。俺はおまえのことを愛している。弟としてではなく、ひとりの男としてという意味だ」

これはなんだろう。耳鳴りだろうか。耳元で太鼓を叩くような音がうるさくて、ローレンスの言葉がよく聞こえない。

数秒経ってからそれが自分の心臓の鼓動だと気づき、和は無意識に胸を押さえた。

いつまでも黙っている和が心配になったのか、アンドリューがそっと肩に手を置く。

「嫌なら断れ。兄弟だからって遠慮することはないんだぞ」

アンドリューの言葉に、ローレンスが苦笑する。その笑い方にいつもの皮肉めいた響きがあって、ようやく和はこれが夢ではないのだと実感した。

「……ほんとに？」

万感の思いを込めて、ローレンスに問いかける。

いつもははぐらかすローレンスも、その質問には真摯《しんし》な眼差しで答えてくれた。

「ああ、本当だ。俺は……何度も諦めようとした。おまえが日本に留学すると言うのを止めなかったのも、距離を置けばおまえを忘れられるかと思ったからだ。だが……どうしてもだめだった」

訥々《とつとつ》と語られる言葉に、胸が熱くなる。

見つめていると、灰色の瞳に吸い込まれていくような感覚に襲われる。

どちらからともなく手を伸ばし……気がつくと、互いの体を強く抱き締め合っていた。

「ん……っ」

そばにアンドリューがいることも忘れて、熱烈なキスを交わす。

愛情と官能が一体になったキスは格別だった。ローレンスの高ぶりを感じて、無意識に自身の高ぶりをローレンスに擦りつけ……。

「おまえたち、そういうキスはふたりきりになってからにしてもらえないか」

いささか呆れたようなアンドリューの声に、我に返った和は慌ててローレンスの唇から逃れた。

「……ひゃんっ」

しかしローレンスに耳たぶを甘く咬まれ、アンドリューには聞かれたくないような声が漏れてしまう。

アンドリューが天井を仰ぎ見て、大きなため息をつく。

「和……本当にこいつでいいのか？」

アンドリューの問いに、和は頬を染めて小さく頷いた。

心配してくれる気持ちは嬉しいが、和もローレンスが好きで、今は信じられないほどの幸福感に包まれている。

しばし和を見つめ、アンドリューはもう一度ため息をついた。

「俺だって、弟の恋路を邪魔するような野暮な真似はしたくない。だがこれはおまえたちにとって重大な決断だ。言うまでもなく、おまえたちは恋人である前に義理とはいえ兄弟だ。引き返すなら今しかないぞ」

アンドリューの言葉に、和は唇を引き結んだ。

この恋はいずれ家族の知るところとなり、きっと波乱を巻き起こすだろう。

男同士で義理の兄弟で……決して平坦な道ではないだろうが、それでもローレンスと一緒に歩いていきたい。

「覚悟はできている」

和が言おうとした言葉を、ローレンスが先に口にした。

灰色の瞳で見つめられ、和も小さく、そして力強く頷く。

「心配させてごめん。でも俺……アンドリューや両親に認めてもらえるように努力する」

和の言葉に、アンドリューの表情がふっとやわらいだ。抱き合ったままのローレンスと和をふたりまとめてハグし、穏やかな笑みを浮かべる。

「ローレンス、目的は果たしたことだし、いい加減ロンドンに戻れ。アシスタントが悲鳴を上げてるぞ。それから和、日本に来た本来の目標を忘れずに、勉学に勤《いそ》しみなさい。おまえはまだ二十歳になったばかりだ。ローレンス、和は二十歳になったばかりだぞ。そういう行為はもう少し慎め」

「ああ、わかってる」

和の腰に左手をまわしたまま、ローレンスがアンドリューに右手を差し出す。

「おまえのことは信頼している。だが、和を泣かせるような真似は絶対にするなよ」

「約束する」

ふたりの義兄はがっちりと握手を交わし、アンドリューはローレンスの肩を軽く叩いた。

「さてと……この近くにホテルはあるかな」

アンドリューがネクタイを直しながら呟く。

「え、そんな、うちに泊まっていってよ」

和の誘いに、アンドリューは苦笑して首を横に振った。

「いや、遠慮しておく」

「駅前にビジネスホテルがある。タクシーを呼ぼう」

名残惜しそうに和の体から手を離し、ローレンスがスマートフォンを探しに部屋を出る。

散らかった和室にアンドリューとふたりきりになり、和は気恥ずかしくなって俯いた。

「まったく、大事な弟を嫁にやる気分だ」

「……いろいろ心配かけてごめん」

「いいさ。おまえが幸せなら」

肩を抱き寄せられて、額に軽くキスされる。

スマホを片手に戻ってきたローレンスが「和に触るな」とふたりを引き離した。


門の前でアンドリューの乗ったタクシーを見送り、和はふうっと息を吐いた。

今日は大変な一日だった。そして……忘れられない日になった。

（……ローレンスとふたりきりになってしまった……）

今更ながら隣に立つ男を意識して、体に緊張が走る。

ついさっきまで意地悪な義兄だったのに、今は恋人なのだ――。

「早く中に入ろう」

肩を抱き寄せられて、冷や汗が流れる。

「ローレンス、人前ではこういうこと……っ」

「人前？　誰もいない」

「いやいや、誰が見てるかわからないから」

「わかった。じゃあここならいいだろう」

門の内側に入って引き戸を閉めた途端、抱きすくめられて息が止まりそうになる。

またしてもキスを求めてきたローレンスを、和は容赦なくのど輪で退けた。

「いてて……おい、ひどいじゃないか」

「どっちがひどいんだよ？　今まで散々意地悪しやがって」

先ほどは想いが通じ合った喜びについつい甘い気分に浸ってしまったが、冷静になってみるといろいろ納得がいかない。

「まずはマシューのことを説明しろよ」

「ああ、あれか。まあ作戦のひとつだ」

「作戦？」

「俺とマシューがつき合ってると思って、焼き餅焼いたんだろう？」

つまり、あの意味ありげなやり取りは演技だったわけか。まんまと騙《だま》されてしまった自分に腹が立ち、かあっと頬が熱くなる。

「心配するな。仙台ではちゃんと別々の部屋に泊まった」

「別にそういうこと心配してるわけじゃ……っ」

唇を尖らせて言い返すが、マシューとの間に何もなかったと知って安心したのも事実だ。

喉をさすりながら、ローレンスがやけに色っぽい笑みを浮かべて和を見下ろす。

「まあお子さまにはわからんだろうな。紳士がいたいけな子鹿をいたぶる倒錯的な嗜好は」

「はあ？　なんだそれ。てゆうか、この期に及んで俺のこと子供扱いかよ？」

「そうぷりぷりするなって。そんな顔して怒ったって可愛いだけだ」

「な、何言って……っ」

真っ赤になった和の耳元に、ローレンスが素早く口づける。

「お子さまじゃないって証明してみせろ……今夜」

「……っ」

耳を押さえて、和はその言葉に大いに狼狽え……そして密かに体を熱く疼かせた。

――月が輝き、竹林がさらさらと優しい音を奏でている。

静かで穏やかな夜だ。けれど竹声庵の寝室では、心を結び合ったばかりの恋人たちが、体も結び合うべく激しい欲情を燃え上がらせている。

「あ……ローレンス……っ」

薄闇の中――ローレンスは明かりを点けたままましたがったが、和が頑なに拒否して消させたのだ――和の白い裸体が艶《なま》めかしく仰《の》け反《ぞ》る。

「おまえは本当にここが弱いな」

薄桃色の可憐な乳首を弄びながら、ローレンスがくすりと笑う。

「ひあ……っ」

凝った乳首に吐息がかかり、それだけで和は息も絶え絶えに身悶えた。

――舌と指先で散々弄られて、先ほど一回目の絶頂を迎えてしまった。

いつも乳首だけでいってしまうのが恥ずかしい。「やめて」と懇願したのにやめてくれなくて、恋人になってもやはりローレンスは意地悪だった。

「今度はこっちだ」

「えっ、あ、いや……っ」

大きく脚を割り広げられて、和は慌てて陰部を手で覆った。さっきいったばかりで、まだペニスに余韻が残っている。

「見せろ」

「あ……っ」

しかし大きな手に手を摑まれて、隠した部分を暴かれてしまった。

小ぶりで初々しいペニスが、射精の余韻を残して半分ほど頭をもたげている。

（お、俺のってどうなんだろう。ローレンスに比べたら大きさも形も子供みたいだし、それに……毛もあんまり生えてないし……っ）

ローレンスは息を荒げ、灰色の瞳を血走らせて凝視している。

その表情からは何を考えているのかさっぱりわからなくて、和は不安になって内股を擦り寄せた。

「あんまり見るなよ……」

「じゃあこうしよう」

「え……？」

ローレンスが屈み、下腹部に豊かな黒髪がさらり触れる。

次の瞬間、和は思わず悲鳴を上げた。あろうことか、いつも意地悪ばかり言うあの魅力的な唇が、和のペニスをぱっくりと咥《くわ》え込んだのだ。

「いやあっ！」

熱い粘膜に覆われて、素直なペニスが急速に硬くなってゆく。

口で愛撫《あいぶ》される感触は強烈だった。知らない間に失禁し続けているような、制御できない奇妙な快感だ。

「だめ、もう出る、出るから……っ」

半泣きになりながら、ローレンスの頭を押しやる。

和の要望を聞き入れることにしたのか、ローレンスが口腔での愛撫を中断した。

ほっとしたのも束の間、今度は足首を掴まれて、ふたつの玉の後ろまで見えるようなポーズを取らされてしまう。

「ひあ……っ！」

きゅっと締まった小さな蕾《つぼみ》に舌を這わされ、和はびくりと体を震わせた。

男同士のセックスでそこを使うことは知っているが、まさかそんなところをローレンスに舐められるとは思わなかった。

ローレンスの舌が繊細な襞《ひだ》をほぐすように丹念に舐め、ほんの少し中に潜り込んでくる。

あまりに衝撃的すぎて、気持ちいいのかどうかもわからなかった。けれど舐められるたびに、蕾の奥が今まで感じたことのない疼きを覚え……。

「もうやめて……っ」

「馴《な》らさないと痛いぞ」

「じゃあ今日はしない……っ」

駄々をこねると、ローレンスが体を起こして低く呻いた。

「頼む、和。俺がどれだけ長い間我慢してきたと思ってるんだ」

ひどく切羽詰まった声で懇願され、かあっと頬が熱くなる。渇望を証明するように、ローレンスの逞しい牡の象徴は欲望を漲らせてそそり立っている。

「………いつから？」

小さな声で、和は気になっていたことを尋ねた。

「いつからおまえを好きだったってことか？」

小さく頷くと、ローレンスが再び和の体に覆い被さり、今度は首筋に顔を埋めてついばむようなキスをくり返した。

「言っておくが、子供の頃のおまえに欲情してたわけじゃないぞ」

「それは……わかってるよ」

「おまえが初めての精通を迎えたときも、いやらしい目で見てたわけじゃない」

「…………うん」

小さく息を吐いて、ローレンスが観念したように和の瞳を覗き込む。

「だけどまあ、今思えばあれがおまえを意識するようになったきっかけだったのかもしれないな。おまえが高校生になって日に日に背が伸びて大人びていくのを見て、ひどく落ち着かない気分だった。あの頃はその苛立ちがなんなのか、自分でもよくわかっていなかった。おまえを見るたびに、自分がいつか取り返しのつかないことをするんじゃないかと不安だった。夜中におまえの寝室に忍び込んで……」

ローレンスの告白に、和は息を呑んだ。

重ね合わせた体の間、ローレンスの太くて硬い感触がやけに生々しい。当時のローレンスもこんなふうに欲望を滾らせていたと知って、和は体の奥にある官能的な部分が震えるのを感じた。

「……だからうちに住まずにアパート借りてたの？」

「そうだ」

「俺……ローレンスに嫌われてるんだと思ってた」

「違う。だが俺も自分の気持ちがよくわからなかった。男にそういう感情を抱いたのは初めてだったし、そもそも他人にこんなに執着したのも初めてなんだ。その上相手は高校生の義弟ときてる」

当時の苛立ちを思い出したのか、ローレンスが早口でまくし立てる。

「おまえが大学に入った前後にアンドリューに勘づかれて……二十歳になるまでは手を出すなと約束させられた」

「そうだったんだ……」

ローレンスが我慢していたなんて、ちっとも知らなかった。

思いがけない告白に、じわじわと胸のうちが熱くなる。

「話はもういいだろう。これ以上焦《じ》らすな」

「じ、焦らしてるわけじゃ……ああっ」

先ほどローレンスに舌でほぐされた場所に、大きく張り出した亀頭を押し当てられる。

その質感に、蕾が怯えたようにきゅんと縮こまった。けれど蕾の奥の粘膜は、未知の快楽を求めて淫らに蠢《うごめ》いている。

「入れるぞ」

「……あ、ああ……っ」

圧倒的な質量が、和の中に押し入ってきた。狭い肛道を逞しい男根でぐいぐいと押し開かれ、体を引き裂かれるような痛みに襲われる。

「痛いか」

「……ん……だ、大丈夫……っ」

歯を食いしばり、和は初めて男を受け入れた痛みに耐えた。

ローレンスのものは信じられないほど太くて長くて硬くて、和の中でどくどくと脈打っている。

長い時間をかけて和の中に深く潜り込んだローレンスが、和の顔を見下ろして笑みを浮かべた。

「やっとひとつになった」

「……ん……っ」

「こうしておまえの中にいるのが、すごく自然なことのように思える」

「……俺はまだそういう心境にはなれないけど」

照れくさくて憎まれ口を叩くと、ローレンスが低い声で小さく笑った。

「あ……っ」

ローレンスが笑った拍子に中に振動が伝わり、背中がびくりと震える。

――今、体に何か変化が起こった。今まで味わったことのない、何か奇妙な感覚だ。

「感じたのか？」

「わ、わかんな……あ、あっ、あああ……っ」

中を優しく擦るように、ローンレスが腰を小刻みに前後させる。

粘膜が擦れ合う感触に、和は繋がった場所から得も言われぬ快感が広がってゆくのを感じた。

「あ、ああんっ！」

ローレンスが大きく腰を引いた途端、口から嬌声が飛び出してしまう。

太く張り出した雁の部分が、和の快楽のスポットを擦ったのだ。

「ここか」

「いやっ、ちょっと待って、あ、あっ、ひあ……っ」

和の弱いところを見つけたローンレスが、容赦なくそこを攻め立てる。

やがて和の初々しい粘膜が、ローレンスの逞しい男根に貪欲に絡みつき始め……。

「あ、あっ、そこ、だめ……っ」

「ここが気持ちいいんだろう?」

「ひああっ、いや、そこすごく変だから、だめ……っ」

「変じゃない。感じてるんだ」

ローレンスの唇が瞼に降りてきて、あやすように優しく口づけをくり返す。

同時に力強い腰遣いで和の蜜壷を突き上げ、更なる快感へと導く。

「あ、あっ、ローレンス……！」

「愛してる……！　他の男なんか見向きもできないように、俺に夢中にさせてやる……！」

互いの体をしっかりと抱き締め合い、恋人同士になったばかりのふたりは甘く蕩けそうな絶頂を迎えた——。


——障子越しに、月明かりが差し込んでいる。

はあはあと息を喘がせて、和はぐったりとシーツの上に仰向けになった。

（……ついにローレンスと……セックスしたんだ……）

体の奥には、まだローレンスの感触がありありと残っている。それを意識した途端また体が高ぶりそうになり、慌てて振り払おうと寝返りを打つ。

「和……」

やけに色っぽい声で囁いて、ローレンスが背後から覆い被さってくる。熱っぽい体が再び力を張らせているのを感じて、和はびくんと背筋を震わせた。

「痛かったか？」

「……だ、大丈夫……」

「ほんとに？」

「うん……い、いや……っ」

うなじに口づけられ、小さく声を上げて身をよじる。軽くついばむようなキスだが、快楽の余韻が色濃く残る体には刺激が強い。

「なんで嫌がるんだ」

ローレンスが不満そうに呟く。

「……だって、くすぐったい……」

「くすぐってるわけじゃないぞ」

「わかってるよ……あ、あ……っ」

背後から抱き締められて、和はびくびくと身悶えた。尻には硬くそそり立つ性器を押しつけられ、胸にまわされた手に乳首をまさぐられ……。

「和……留学は途中で切り上げられないのか？」

初々しい乳首を指先で弄びながら、ローレンスがくぐもった声で問いかける。

「無茶言わないでよ……」

「俺は来週、一度ロンドンに戻らなきゃならない」

「うん……」

これ以上ギャラリーをマシューに任せっぱなしにするわけにはいかないだろう。恋人同士になった今、少しの間でも離れるのは寂しいが仕方がない。

「十二月になったら冬休みだろう？　ロンドンに戻ってこい」

「ん……」

「一月と二月はもうほとんど授業ないよな？」

「いやいや、そうでもないよ。テストやレポートもあるし……あ、ちょ、ちょっと……っ」

大きな手のひらでペニスを包み込まれ、和は自分のそこも硬くなっていることに気づいた。

「俺も、仕事の合間を縫って極力こっちに来るようにする」

「ん、ん……っ」

ゆるゆると愛撫されて、相槌とも喘ぎともつかない声が漏れてしまう。

「留学が終わったら、ロンドンの俺のアパートに来い」

耳元で囁かれ、和は驚いて振り返った。

「ええっ？　一緒に住むの？」

「当たり前だ」

「だけどパパとママに……あ、あんっ」

先走りが漏れて、ローレンスの手を淫らに濡らしてしまう。

ローレンスが獣じみた唸り声を上げ、和の腰を摑んで交合の体勢を取った。

「詳しい話はあとだ」

「あ……ローレンス……っ」

——ローレンスの言葉通り、三月にはロンドンで同棲を始めることになりそうだ。

幸福な予感に、和は甘い吐息を漏らした。

あとがき

ルチル文庫さんでは初めまして、神香うららです。

まずはお手にとってくださってどうもありがとうございます。

今回は念願の義兄弟ものです。私は「親同士の再婚で義兄弟に」という設定が大好物で、義兄弟なら兄×弟、弟×兄、どちらも同じくらい大好きです。

実は今までにも何度かチャレンジしたことがあるのですが、設定はともかくどうにもストーリーをうまく組み立てられなくて……。なので今回ようやく義兄弟ものを書くことができて、とても嬉しかったです。

作中に出てきた竹の音のエピソードも、前から使いたいと思っていたネタです。

数年前、母と地元の小さな神社を訪れたときのこと。神社に足を踏み入れると、どこからともなく一匹の猫が現れて近づいてきました。首輪をしていたので近所の飼い猫だったのでしょう。人懐こい猫で、まるで私たちを案内するかのように境内までついてきました。

猫と一緒にお参りして帰ろうとしたとき、ふと風が吹いてきて境内を取り囲む竹林がかたかたと鳴り始めたのです。竹がぶつかり合う独特の音を、そのとき初めて聞きました。

竹が鳴り出した途端、猫が動きを止めてじっと竹林を見上げていました。誰もいない境内、独特の音を立てて揺れる竹林、それを見上げる猫……今思い出しても、なんだか夢のような不思議なひとときでした。

イラストを担当してくださった椿森花先生、デビューおめでとうございます！　私の原稿が遅れたせいで、初っぱなから多大なるご迷惑をおかけしてしまいました……本当に申し訳ありません。そして素敵なイラストをどうもありがとうございました。和が繊細な感じの美人で、本当にイメージ通りでした。ローレンスは実は私の中ではっきりしたビジュアルが摑めていなかったのですが、表紙のラフを拝見したときにぶわーっとイメージがわいてきて、原稿を書く際に大いに助けられました。本当にどうもありがとうございます。

担当さま、本当に本当にご迷惑とご心配をおかけして申し訳ありませんでした。おかげさまでこうして無事に本にしていただくことができて、お力添えに感謝しております。

最後になりましたが、読んでくださった皆さま、どうもありがとうございました。

またお目にかかれることを願いつつ、このへんで失礼いたします。

神香うららでした。

✦初出　英国紳士の意地悪な愛情……………書き下ろし

神香うらら先生、椿森 花先生へのお便り、本作品に関するご意見、ご感想などは
〒151-0051 東京都渋谷区千駄ヶ谷 4-9-7
幻冬舎コミックス　ルチル文庫「英国紳士の意地悪な愛情」係まで。

幻冬舎ルチル文庫

英国紳士の意地悪な愛情

2014年1月20日　　第1刷発行

✦著者　神香うらら　じんか うらら

✦発行人　伊藤嘉彦

✦発行元　株式会社 幻冬舎コミックス
〒151-0051 東京都渋谷区千駄ヶ谷 4-9-7
電話 03(5411)6431［編集］

✦発売元　株式会社 幻冬舎
〒151-0051 東京都渋谷区千駄ヶ谷 4-9-7
電話 03(5411)6222［営業］
振替 00120-8-767643

✦印刷・製本所　中央精版印刷株式会社

✦検印廃止

ISBN978-4-344-83036-3　C0193　Printed in Japan